1948

A*

Yoram Kaniuk
1948

Traducción del hebreo y prólogo de Raquel García Lozano

Libros del Asteroide

Primera edición, 2012
Título original: *1948*

Queda rigurosamente prohibida, sin la autorización
escrita de los titulares del *copyright*, bajo
las sanciones establecidas en las leyes, la reproducción
total o parcial de esta obra por cualquier medio
o procedimiento, incluidos la reprografía y
el tratamiento informático, y la distribución de
ejemplares mediante alquiler o préstamo públicos.

Copyright © Yoram Kaniuk
Published by arrangement with The Institute for The Translation
of Hebrew Literature

© de la traducción y el prólogo, Raquel García Lozano, 2012
© de esta edición, Libros del Asteroide S.L.U.

Publicado por Libros del Asteroide S.L.U.
Avió Plus Ultra, 23
08017 Barcelona
España
www.librosdelasteroide.com

ISBN: 978-84-15625-08-7
Depósito legal: B. 23.727-2012
Impreso por Reinbook S.L.
Impreso en España - Printed in Spain
Diseño de colección y cubierta: Enric Jardí

*La editorial agradece la amable ayuda del Instituto para la Traducción de la
Literatura Hebrea (organización sin ánimo de lucro) que ha hecho posible esta
traducción.*

Este libro ha sido impreso con un papel ahuesado,
neutro y satinado de ochenta gramos, procedente de bosques
correctamente gestionados y con celulosa 100 % libre de cloro, y ha sido
compaginado con la tipografía Sabon en cuerpo 11.

Prólogo

En su obra autobiográfica *Una historia de amor y oscuridad*, Amos Oz relata lo ocurrido la noche del 29 de noviembre de 1947, siendo él un niño de ocho años, cuando la Asamblea General de las Naciones Unidas aprobó el Plan de Partición de la región de Palestina que, en aquellos momentos, se encontraba bajo administración británica, y toda la población judía de Eretz Israel salió a la calle para festejar aquel momento histórico. El pequeño Amos se acostó al amanecer y, al alargar la mano, tocó las lágrimas de felicidad de su padre: «Jamás en mi vida —dice—, ni antes ni después de aquella noche, ni siquiera cuando murió mi madre, había visto llorar a mi padre. Y de hecho tampoco esa noche lo vi: la habitación estaba a oscuras. Solo mi mano izquierda lo vio». Pocas horas después «los dirigentes religiosos llamaron a la *yihad* contra los judíos» y comenzó una guerra que aún tardaría unos meses en ser declarada. Esa declaración de guerra se realizó el 15 de mayo de 1948, fecha en que expiraba el plazo para cumplir la resolución de la ONU, pocas horas después de que David Ben Gurión proclamase la independencia de Israel y de que los británicos abandonasen la zona, cuando tropas egipcias, libanesas, transjordanas, sirias e iraquíes cruzaron la frontera e invadieron el recién fundado Estado de Israel. Todos aquellos capaces de luchar, desde jóvenes de apenas dieciocho años hasta supervivientes de los campos de concentración recién llegados de forma clandestina, se unieron a las fuerzas de la Haganá y del Palmaj, lo más parecido por aquel entonces a un ejército que todavía no existía, se subieron a vehículos rudimentarios que hacían las veces de blindados y empuñaron armas que en algunos casos no funcionaban, y en otros sí.

La guerra de la Independencia de 1948 quedó grabada en la memoria colectiva de israelíes y palestinos; para los primeros como un inicio, un nacimiento, un sueño hecho realidad, y para los segundos como la mayor tragedia jamás vivida. De un modo u otro, la guerra del 48 marcó a los dos pueblos y determinó su identidad, y tanto los acontecimientos históricos, sociales y políticos como la propia literatura demuestran que las heridas de la guerra han pasado y seguirán pasando de generación en generación, como si de una terrible enfermedad hereditaria se tratase, como si nadie pudiese librarse de «la genética del dolor» de la que habló el poeta Yehuda Amijai. La guerra marcó también a dos generaciones de escritores que lucharon en las filas del Palmaj, a los autores consagrados de finales de los años cuarenta como S. Yizhar, Moshé Shamir o Hayim Guri, que forman la llamada generación del 48 o generación del Palmaj, y a aquellos que comienzan a publicar a mediados de los años cincuenta, como Yehuda Amijai, y principios de los sesenta, como Yoram Kaniuk, que se enmarcan ya en la generación del Estado.

Fueron los miembros de la generación del 48 los que relataron la lucha por la independencia y la creación del Estado de Israel. Sus obras narran la vida del colectivo, la vida del kibutz, las experiencias de los jóvenes soldados que luchan en el campo de batalla y se sacrifican en aras de la nación, del *sabra* (el nacido en Palestina-Eretz Israel) como prototipo del nuevo israelí en el que la identidad individual se difumina en el colectivo y que se debate entre el deber y la conciencia. El nuevo israelí ocupa el lugar del viejo judío de la diáspora, y la lucha, la victoria, la nueva identidad colectiva sustituyen al viejo tema del destino trágico del pueblo en el exilio. A diferencia de sus padres literarios, estos autores tenían solamente un idioma, un paisaje y una cultura y también una biografía común, así lo expresa Aharón Megged, uno de los miembros de esta generación: «La fuente de las experiencias, compartida por la mayor parte de los autores —el colegio y el movimiento juvenil pionero, el kibutz, la guerra mundial y la guerra de la Independencia—, dejó su sello en las obras y fue la causa principal que, en gran medida, desdibujó la individualidad de cada escritor».

Tras la guerra, la victoria y la creación del Estado de Israel, el centro del panorama literario lo ocupa, en los años sesenta, un grupo de escritores que se aleja de la inmediatez, del localismo, de la exaltación colectiva y del *sabra*, para adentrarse en el universo privado y pequeño del individuo y plasmar también otras realidades antes olvidadas: «Los acontecimientos de aquellos años ya no eran tan tempestuosos y peligrosos que obligasen a vivirlos a través de la colectividad», sostiene Abraham B. Yehoshúa, uno de los autores más destacados de la generación del Estado, autores que en su mayoría no lucharon ya en esa guerra.

A diferencia de lo que le ocurrió a Yehuda Amijai, que formó parte del Palmaj y compuso una extensa obra como reflexión en torno a la guerra y a la muerte, pero que literariamente se alejó de esa generación para servir de puente entre lo viejo y lo nuevo y convertirse así en el poeta más importante de la generación del Estado, Yoram Kaniuk, que también luchó en las filas del Palmaj con apenas diecisiete años, publica sus primeras obras en los años sesenta sin considerarse parte de ningún grupo ni de ninguna generación literaria: «Estuve en el Palmaj —afirma—, pero no fui un miembro del Palmaj, no tenía nada que ver con eso del "nosotros" del Palmaj. En la generación del Palmaj había un grupo de escritores que crecieron juntos: Moshé Shamir, Aharon Megged, Hanoch Bartov, S. Yizhar, Hayim Guri. Luego estaba el grupo de Gershon Shaked, Oz, Yehoshúa, Kenaz. Yo llegué solo. De ninguna parte. Llegué de Estados Unidos. Del jazz. Mis libros tardaron mucho tiempo en comprenderse».

Kaniuk escribe obras sobre la guerra de la Independencia y sobre la realidad de los supervivientes del Holocausto durante la inmigración clandestina; de hecho, fue el primer escritor israelí que publicó un libro sobre la Shoá sin haber sufrido el horror de los campos: *El hombre perro*, de 1968. En esta obra, Kaniuk se atrevió a describir los campos de exterminio como un circo del infierno y a trasladar ese circo infernal a un manicomio de Israel donde los supervivientes libran una batalla contra su propio pasado y contra un Dios que guardó silencio mientras un pueblo era aniquilado, pero en el que no pueden dejar de creer porque «nadie inicia una guerra contra un enemigo que no existe». Este libro revolucionario, como otros publicados por este autor, no fue comprendido ni aceptado por la sociedad israelí del momento. Y es que, aunque sus obras han sido traducidas y aclamadas internacionalmente, en Israel el reconocimiento le ha llegado bastante tarde. Ha sido precisamente en estos últimos años cuando Yoram Kaniuk se ha convertido en un escritor de éxito en su propio país, prueba de ello son las recientes reediciones de algunas de sus obras o el rotundo éxito de ventas y de crítica que ha obtenido este último libro, *1948*, sobre todo entre las generaciones más jóvenes.

En contra de lo que les sucede a los escritores consagrados de la generación del Estado, los lectores más jóvenes siguen leyendo a Yoram Kaniuk y recibiendo sus obras con entusiasmo. Los jóvenes israelíes, que no vivieron aquellos acontecimientos y que en cierto modo consideran ya el heroísmo y el antiheroísmo de la fundación del Estado un tema casi agotado, han alabado *1948* porque, como señala el joven escritor Amichai Shalev, narra la historia de la fundación del Estado y el ambiente de aquella época únicamente basándose en sus recuerdos personales, en anécdotas individuales, de una forma rota, entrecortada, auténtica, natural, sin hablar en nombre de nadie, sin lecciones de moralidad, plasmando recuerdos de una guerra caótica, frenética y plagada de atrocidades por la que habría que pagar un alto precio. Otros críticos más veteranos han objetado, sin embargo, que el libro desvirtúa, empequeñece y revienta los valores de la generación del Palmaj, de aquellos que tenían una conciencia ideológica, sionista y nacionalista y que lucharon con entrega y camaradería, que se trata de un libro escrito para gustar a los lectores a los que Kaniuk se dirige, a la joven generación que quedará impresionada con el carácter juvenil de un anciano escritor que, en palabras del profesor y crítico literario Yosef Oren, «describe la guerra de la Independencia como una serie de batallas fallidas dirigidas por comandantes y luchadores traumatizados a quienes, sin proponérselo, les salió un Estado». Aceptemos o no estas críticas, lo cierto es que Kaniuk siempre ha sentido afinidad con los jóvenes, también con los escritores más jóvenes; de hecho, se considera el padre literario de escritores como Etgar Keret, Ozi Weil u Orly Castel-Bloom, porque, como él mismo dice, «son carne de mi carne. Tienen humor e ironía, no se toman a sí mismos demasiado en serio, no representan a la nación, no hablan en nombre de la eternidad».

1948 no es un relato histórico de lo sucedido durante la guerra de la Independencia, aunque en él se describen batallas históricas que forman parte de la memoria colectiva israelí, sino la narración de unos recuerdos íntimos y personales que su autor revive más de sesenta años después, recuerdos que, como afirma el historiador Motti Golani, hacen «el movimiento contrario al de la investigación historiográfica: no desde el pasado hacia el presente, sino desde el presente hacia el pasado». En este libro, la terrible realidad se entremezcla con la imaginación. Como señala el propio autor, no todo lo relatado en el libro ocurrió tal y como se cuenta o incluso puede ser inventado: «No recuerdo más de lo que estoy escribiendo aquí, y tal vez parte de los recuerdos los he ido inventando con los años». Esta misma idea se repite a lo largo del libro y, en otro lugar, describe cómo, treinta años después de una de las batallas libradas durante la guerra, un día, de pronto, en una playa, «emergió del agua un recuerdo, como nuevo, que estaba oculto en mí y que hasta ese momento se había negado a salir a la superficie. Lo observé como si fuera una película. Me fui a casa y escribí lo que había recordado. Pero lo que escribí no tiene por qué ser necesariamente lo que ocurrió».

Lo descrito en esta obra no pertenece al *ethos* colectivo israelí de la guerra de la Independencia, sino al recuerdo personal de un testigo de diecisiete años que, mientras sus compañeros siguieron en el instituto, se alistó voluntario en las filas del Palmaj y se vio inmerso en los infiernos, en el horror, en la matanza, en la sangre, pero también en una especie de ensoñación, de caos, de absurdo y de confusión, y terminó fundando un Estado: «Eso nos pasó a nosotros. Fuimos a traer judíos por mar y terminamos fundando un Estado en las montañas de Jerusalén», y eso, según Kaniuk, «es lo más gracioso que me pasó en aquella guerra, que fundé un Estado mientras dormía y bailaba una *horá* junto a un compañero desconocido que estaba partido en dos».

Yehuda Amijai, en su libro *Detrás de todo esto se oculta una gran felicidad*, de 1974, escribió: «No tengo nada que decir sobre la guerra, / no tengo nada que añadir, me da vergüenza». Sin embargo, no pudo dejar de escribir sobre la experiencia vivida en la guerra de la Independencia desde que comenzó a escribir poemas en 1948 hasta su muerte en el año 2000 y, cuando sabía que le quedaba poco tiempo de vida, volvió a recorrer los lugares donde luchó y vio de cerca la muerte, los mismo lugares que poblaron toda su obra durante más de cincuenta años. Cincuenta años lleva también Yoram Kaniuk escribiendo sobre la guerra, sobre el Palmaj, sobre sus vivencias como marinero ayudando a supervivientes de la Shoá a llegar a Israel, una experiencia imborrable porque, de algún modo, todo aquel que estuvo allí «desde aquel día no vive, tan solo existe, su cuerpo ha continuado adelante, pero él se ha quedado en un instante terrible, en una batalla de terror, de matanza y de sangre, fue herido y sobrevivió y se arrastró» y «aún se arrastra por allí».

Estas palabras del epílogo aluden a la cita de Ezequiel que abre y cierra el libro: «Y pasé junto a ti y te vi agitándote en tu sangre y te dije: "¡En tu sangre vive!". Y te dije: "¡En tu sangre vive!"». La cita está tomada de la alegoría del nacimiento de Jerusalén, a la que no se limpió ni purificó con agua sino que fue arrojada al campo llena de sangre hasta que Dios se apiadó de ella, la salvó, la limpió, la vistió y la adornó para hacerla su esposa. En el contexto de este libro, la cita hace referencia al nacimiento del Estado de Israel que, como la Jerusalén bíblica, nació arrastrándose en la sangre, pero también alude a aquellos que quedaron allí en medio de un charco de sangre, aunque la memoria colectiva israelí hiciese brotar hermosas «flores rojas» de esa sangre derramada, y a todos aquellos que tuvieron que levantarse y continuar hacia delante para intentar seguir viviendo en la sangre y pese a la sangre.

Es ahora tarea del lector dejar hablar al libro, adentrarse sin prejuicios en una realidad muchas veces desconocida, la realidad de Israel y concretamente de la lucha por la independencia durante los meses previos a la fundación del Estado de Israel. Esta obra nos ayudará a saber quién es Yoram Kaniuk y quién fue en aquella época que describe, pues como el propio autor dice, el lector debe «preguntar al libro sobre el escritor y no al revés, como ocurre siempre», pero no nos ayudará a saber lo que ocurrió realmente durante los meses que duró la guerra, eso forma parte de los libros de historia que se han escrito y que aún quedan por escribir.

RAQUEL GARCÍA LOZANO

1948

A mis compañeros vivos y muertos de la brigada Harel y a Hanoch Kosovesky, un valiente, a quien le gusta cómo soy y me mira con recelo, un hombre de esta tierra, un hombre sanguinario, como todos nosotros. Con un profundo amor a todos aquellos que estuvieron allí, en el infierno de la matanza, y que también fundaron un Estado.

Y pasé junto a ti y te vi agitándote en tu sangre y te dije: «¡En tu sangre vive!». Y te dije: «¡En tu sangre vive!».

Ezequiel 16, 6.

1

Ocurrió o no ocurrió, de este modo o de otro, ninguna memoria tiene Estado, ningún Estado tiene memoria. Puedo recordar o inventar un recuerdo y, al mismo tiempo, inventar un Estado o pensar que en el pasado fue otro distinto. Ningún Estado puede ser otro si antes no fue no-otro.

Y lo más importante de todo es si es cierto que el hombre confuso del hospital realmente me dijo, llorando amargamente y sin que yo le preguntase nada, que todo en la vida y quizá también en la muerte (aunque reconoció que aún no estaba en ella) se fundamenta en tres principios: venganza, traición y envidia. Le pregunté qué pasaba con el amor, y dijo: amor, solo cuando es traicionado o cuando es por diversión. El amor llega después de la traición, pero en tu caso llegará antes.

Creí que escribiría lo opuesto a un libro encomiable y que lo titularía *Lo más divertido que me ocurrió en la guerra*. Al final lo he escrito con este otro título, *1948*, que no es nada divertido, porque realmente he querido escribir sobre lo más divertido que me ocurrió en la guerra.

Justo después de la conversación con el hombre confuso en la entrada del hospital de la Jerusalén bombardeada, un monasterio italiano transformado en un matadero de soldados, me tendieron en una cama de verdad y me inundó un gran placer al acostarme sobre una sábana después de todos aquellos meses. Me dolía mucho la pierna, pero, cuando me acomodé, me sentí bien, la sábana me rozó la espalda, había un vaso de agua junto a la cama y bebí y, justo cuando empezaba a sentirme como un ser humano, se oyó un fuerte ruido, un proyectil hizo trizas el techo y los jirones que colgaban empezaron a caer como babas, entonces dos monjas me cargaron rápidamente en una camilla y de camino al sótano fui cubriéndome con el antiguo yeso cristiano que continuaba goteando desde el techo. La enfermera me miró, yo estaba medio desnudo, y dijo en un hebreo germanizado que el intento de vencer a Satanás era como una chispa del infierno que cae sobre el vestido de novia del alma. Según Ben Azzai, ¡recuerdo perfectamente que dijo eso!, según Ben Azzai: «Mi alma desea la Torá, que se ocupen otros de la supervivencia del mundo».* Había relación entre una cosa y otra. Yo era joven. Ella era joven. Yo estaba medio desnudo. Ella iba vestida de monja. Pero ella había decidido permanecer virgen y yo había sido obligado a ello y, no recuerdo por qué, añadió: ¡los médicos juegan a ser Dios! Creo recordarlo, por más que un terrible dolor no se puede recordar, pero recuerdo que me dolía. Las enfermeras me dejaron, cubierto de polvo, en un colchón esta vez sin sábana. Por

---

* Se refiere a la decisión de Rabi Azzai de permanecer célibe, Génesis Rabbah, 34, 14ª. (Todas las notas son de la traductora.)

algún motivo, me reí y una de las monjas —que, como se suele decir que no hay humor en el cielo, nunca debía de haber oído una risa y no sabía qué era exactamente ese sonido que salía de mí ni por qué se había abierto así mi rostro— me limpió dignamente de arriba abajo y preguntó en qué estaba pensando para hacer semejante mueca con la boca. Hablaba un hebreo bastante fluido y le respondí que no estaba pensando en nada, en nada en absoluto. Ella dijo: pero pareces alguien que sabe pensar, y le dije que puede que intentara pensar, y ella dijo: sabes una cosa, eres un cielo de hombre. Y entonces se calló, porque no sabía qué decirle a un chico de dieciocho años al que iban a amputar una pierna. Le dije que lo que me hacía gracia era que solamente ahora, cuando ya no iba a luchar más, había comprendido que no tenía ni idea de en qué guerra había luchado, ni de lo que me había pasado en esa guerra, ni de por qué había seguido luchando cuando las posibilidades de volver a casa eran nulas. Le dije que me había dado cuenta de que no sabía exactamente quién era. De que no sabía lo que estaba haciendo ni dónde había estado. Cuando me hubo tumbado en el colchón apestoso de aquel sótano que iba llenándose de heridos, corrió hacia el pasillo para ir a por alguien más.

Durante todos los días que duró el combate no pensé. No hice planes. Hice lo que me dijeron y tomé la iniciativa solo cuando no quedó más remedio y hubo que improvisar. Decían duerme, y dormía, decían levanta, y me levantaba. Repartían comida y comía. Cuando no repartían, no sentía hambre. Al parecer, es cierto que nos ponían bromuro de sodio en el agua para evitar que pensásemos en las chicas que un año antes me volvían loco con su floreciente femineidad. Me acordaba de que no había absolutamente nada dentro de mi cráneo golpeado. Éramos como niños, vergonzosamente jóvenes, voluntarios, patanes, partisanos. Yo era el único que había participado antes en movimientos juveniles, a ellos los reclutarían después, cuando nosotros ya hubiésemos terminado de fundarles un Estado. Solo éramos uno de aquí y otro de allá, aún no teníamos ningún tipo de documento, salvo las partidas de nacimiento palestinas (de Eretz Israel), que por supuesto no llevábamos encima. Entonces, ¿por qué me quedé allí, en aquel árido agujero, y no volví a casa cuando el cerco aún no se había cerrado? ¿Por qué no volví a casa? Así nadie habría sabido lo que me había pasado y nadie habría tenido tiempo de pensar y seguramente habrían supuesto que había sido capturado por los jordanos o que había muerto y me habían enterrado en un lugar desconocido como alguien anónimo, como pone en las tumbas del cementerio de la calle Trumpeldor de Tel Aviv, y tal vez encontrarían mi cuerpo, si es que realmente había muerto en cualquier sitio insospechado.

Yo era un mentecato que se convirtió en un valiente y golpeó al enemigo. Eso es lo que era. ¿Acaso me alisté tan pronto, a los diecisiete años y medio, por ser un héroe o quizá porque tenía miedo y huía de algo? Y en tal caso, ¿de qué? Al parecer, era un miedica. Las personas con imaginación tienen miedo. Las personas con imaginación creativa tienen también esa imbecilidad de quienes se ofrecen voluntarios para las causas perdidas. De mi miedo salí siendo un héroe que había vencido sus miedos. Y antes yo solo era un manojo de miedos. A la oscuridad. A la muerte. A las personas. A las aglomeraciones. A las moscas transmisoras de enfermedades, a esos mosquitos *Anopheles* que transmiten la malaria, de los que hablaba mi madre Sara como si los hubiese conocido personalmente de joven en Eretz Israel. Yo no era un valiente como lo son la mayoría de los soldados. Yo era uno de esos tipos que no se rinden. Alguien que, a pesar del miedo, veía la muerte y no agachaba la cabeza. Sabía que en los pequeños barcos que estaban en el mar deambulaban miles de supervivientes del Holocausto sin hogar a quienes ningún país quería y leí que hacía tres años *Herr* Goebbels se había preguntado por qué siendo los judíos tan inteligentes y tan instruidos y tocando tan bien, ningún país los quería, y recuerdo que eso se me quedó grabado y quise ayudar a traer a aquellos judíos.

Pero ¿fue esa realmente la razón por la que me alisté en noviembre de 1947, un poco antes de que Naciones Unidas aprobase el Plan de Partición de Palestina? Lo que recuerdo es que simplemente un día, durante el primer trimestre del último curso en el instituto Tijón Jadash, el lugar más maravilloso donde uno podía estar, con Tony Halle, la fascinante directora que parecía una ratita presumida, que un día se subió a una silla, cerró los ojos, que lloraban tras los párpados, y con una especie de profundo anhelo empezó a describir cómo, en 1077, Enrique IV permaneció frente al castillo de Canossa, donde el papa Gregorio VII se ocultaba tras una cortina, y cómo permaneció el pobre Enrique, en el frío, en la nieve, en esa tierra árida, cómo permaneció descalzo, dijo con su gran belleza, cómo permaneció sin zapatos, sin calcetines, sin abrigo, sin camisa, sin calzones, y lloró ante el papa, que se ocultaba bien abrigado y con una chimenea ardiendo a sus espaldas, mientras veía al apuesto Enrique IV, el héroe, el magnífico y querido rey, realmente querido por él, congelado, desnudo e implorando por su alma, y todos nosotros, toda la clase, lloramos al oír la suerte que corrió Enrique IV, y un día simplemente dejé aquel adorable instituto diciendo algo que ni yo mismo podía creer, que con una raíz cúbica no expulsaríamos a los británicos, y me ofrecí voluntario para el Palyam,* porque dije que traería a los supervivientes a las costas de Eretz Israel, sin pensar realmente adónde llegarían los barcos con los refugiados. Justo después del entrenamiento en el mar salimos a luchar en las montañas de Jerusalén y en las montañas de Judea. ¿Y qué si dije que me había alistado para traer judíos? ¿Realmente creía que los barcos llegarían al puerto de Jerusalén, que estaba enterrada viva entre el desierto, el verde paisaje y Bab el-Wad? E incluso antes de aquello, nuestros ridículos profesores habían estado machacándonos y dándonos la matraca con lo de construir y ser construidos en Eretz Israel, pero no entendíamos exactamente lo que quería decir eso. ¿Acaso no habíamos nacido aquí? Con los cardos. Con los chacales. Con los carros tirados por mulas con anteojeras, con los higos chumbos, con los granados y los cipreses de bellas copas, así que ¿cómo se construye y se es construido realmente?

---

* Las fuerzas navales del Palmaj. Palmaj es el acróstico de Plugot Majatz, las fuerzas de choque de la Haganá (Defensa), el grupo paramilitar fundado en 1920 durante el Mandato Británico y que, tras la creación del Estado de Israel, se integraría en el ejército regular.

Ya se hablaba algo de un Estado hebreo. El concepto de «Estado» no sonaba familiar, no resultaba real; desde hacía dos mil años ¿cuándo había tenido nuestro pueblo un Estado? ¿Y qué tipo de Estado sería? ¿Cómo sería ese pequeño Estado? ¿Liechtenstein, El Congo? ¿Es que Ben Gurión se iba a poner un sombrero de copa y a subirse a una caja, como Herzel en la terraza de Basilea, para parecer más alto? ¿Y con qué pitaría un policía hebreo? ¿Con un cuerno de carnero, con un *shofar*?

En un viejo libro que estaba oculto tras los libros alemanes de mi padre —marcada con bolígrafo rojo y en la ensortijada caligrafía Rashi con la que a mi padre le gustaba escribir con esa chispa escondida propia de un judío de Galitzia que creía haber nacido en Berlín y que a veces recitaba oraciones hebreas entres los *lieder* de Schubert y de Brahms— encontré la historia del rabino de Liadi que libró una batalla histórica con el rabino de Kunitz sobre la posible conquista de Moscú por parte de Napoleón. Era urgente decidir de una vez por todas si esa conquista sería buena para los judíos o no y, como el destino de los judíos estaba en juego, el enérgico rabino de Liadi se inquietó tanto por la magnitud de la empresa, que las lágrimas fluyeron de sus ojos y pidió al rabino de Kunitz que se reuniesen en la sinagoga para decidir qué sería bueno para los judíos. Algo ocurrió que hizo retrasarse un poco al rabino de Liadi y el rabino de Kunitz se le adelantó, cogió el *shofar* y empezó a tocarlo, entonces entró corriendo el rabino de Liadi y le quitó el *shofar*, interrumpiendo así el sonido del *shofar* del rabino de Kunitz, y eso fue lo que provocó el fracaso de Napoleón en Moscú y decidió el destino de los judíos.

Eso nos pasó a nosotros. Fuimos a traer judíos por mar y terminamos fundando un Estado en las montañas de Jerusalén. Sería un error decir que luchamos por la fundación de ese Estado, pues ¿cómo íbamos a saber cómo se fundan los Estados? ¿Lo había hecho alguien antes que nosotros? Tonterías, un Estado hebreo era la interrupción del sonido del *shofar* de otros y, de algún modo, por un milagro que resultó ser una acción, el sonido llegó a su destino. En efecto, cuando el Palmaj conquistó Safed (yo no estaba allí), el alcalde dijo que Safed se había salvado gracias al milagro y las obras: las obras fueron los rezos y el milagro fue que llegó el Palmaj. Tuvimos que hacer milagros. El concepto de Estado era vago, incluso ridículo. Lo primero que sabemos sobre la historia de nuestro pueblo es que nuestro patriarca Abraham huyó de su patria porque oyó a Dios, no al de Moisés sino a otro, cananeo, en Mesopotamia, decirle ¡Vete de tu patria! Así que ¿cómo vamos a saber qué es el amor a la patria? ¿Y cómo vamos nosotros, entre todos los pueblos a los que no se les ocurrió huir de sus patrias durante dos mil años, a convertirnos de repente en un pueblo que ame una tierra propia o no propia y funde en ella un Estado? Nosotros somos un pueblo de maletas, de idas y venidas, de nostalgia de un lugar en el que no hemos estado nunca. Abraham llegó y encontró hambre en la tierra de sus sueños y enseguida se fue a Egipto para comprar grano y, después de mucho tiempo, regresó, como hoy en día regresa un israelí estadounidense con una gran fortuna de California, y es que el Dios de los hebreos se cansó de crear mundos y decidió crear un nuevo mundo hebreo y lo empezó en el cielo y solo después llegó a la tierra, y los Estados no moran en el cielo. Entonces, ¿íbamos a fundar un Estado de nómadas? Nosotros, los *mujiks** del Señor, a quien detestábamos, para quienes «elextranjero» era el nombre de algún Estado y que solo conocíamos Estados auténticos por nuestra colección de sellos y pensábamos, por el tamaño y la belleza de los sellos, que Luxemburgo era más grande que Estados Unidos y que aprendimos cómo anhelar un Estado pero no cómo fundarlo, especialmente si iba a ser establecido en una zona hostil como la nuestra. ¿Cómo íbamos nosotros a fundar un Estado?

Y hay que recordar que estaba con nosotros aquel loco encantador de Beni Marshak, alias «Politrok», el comisario político, el *hadid* laico que soñaba con un Estado judío y lloraba a moco tendido de nostalgia por un Estado y calumniaba a los enemigos de Israel hasta durmiendo, el que subió con nosotros desde Cesarea, donde estuvimos esperando a los inmigrantes ilegales que no llegaron, hacia la guerra en las montañas que vaya si llegó, el que gritaba y gritaba, pues gritar sí sabía, que le fundásemos el Estado de una vez, y pensábamos, pobre hombre, quiere un Estado que no existe y, si existiera, sin duda sería Afula, que por entonces era la única ciudad, aunque todas sus casas estuviesen fuera de la ciudad, y que de hecho se utilizaba como estación de autobuses en el camino hacia Emek Yizreel o como parada para ir al retrete de camino hacia Haifa. El pobre Beni de verdad esperó inocentemente durante dos mil años, más unos días cuya duración no está ano-

---

* El término *mujik* se refería a los campesinos rusos que no poseían propiedades, generalmente antes del año 1917.

tada en ningún cuaderno. Entonces le seguimos la corriente porque llevaba dos meses sin dormir y le espiamos y comprobamos que realmente no dormía, no comía, no bebía, no se lavaba (no hacía falta espiarlo para saber que era así) y estaba siempre ocupado en la fundación de un Estado cuya imagen nadie había visto antes que él y, cuando intentaba describirlo, su rostro se deformaba por el llanto que le ahogaba y luego gritaba de emoción. Y cuando ya estábamos hasta el culo de su nostalgia y pensamos que realmente había que hacer algo al respecto y fundar un Estado para Beni, para que nos dejara en paz, nos vimos atrapados en una atalaya, no recuerdo cuál, y un chico guapo, cuyo nombre también he olvidado, se incorporó un instante y fue alcanzado directamente por un proyectil de mortero de tres pulgadas que lo cortó, literalmente lo cortó, como si el proyectil fuese un cuchillo afilado, y vimos como el cuerpo que tenía antes, cuando era guapo y no una ensangrentada salchicha humana como ahora, fue dividido en dos mitades que cayeron hacia los lados. Y la sangre fluía. Lo cubrimos con nuestros *shinels*, los abrigos militares de lana, gruesos y largos, y alguien preguntó quién era, tal vez era un inmigrante recién llegado que se había tropezado con nosotros, y nos dormimos.

Al no poder arroparnos con nuestros abrigos, teníamos frío. De pronto oímos gritos. Más que gritos, unos alaridos salvajes. Alguien vino a despertarnos en medio de una aterradora oscuridad e informó entre lágrimas y risas mezcladas con una voz ronca que había oído decir a alguien que había oído en una radio a pilas que se decía que Ben Gurión había fundado un Estado y entonces añadió: hala (hablábamos con palabras así), cantemos la *Tikvá*, y le dijimos a ese majadero ¡venga ya! Ni siquiera nos sabemos la letra de memoria y, además ¿dónde ha fundado Ben Gurión su Estado? Y dijo que se decía que lo había fundado en Tel Aviv y le dijimos: escucha, nosotros estamos sitiados aquí, en Jerusalén, estamos en Bab el-Wad y aquí no hay Estado, y Jerusalén no se encuentra en el Estado de Tel Aviv, y nos dormimos.

Muy temprano, a las cuatro o las cinco de la madrugada, Beni Marshak surgió de la niebla como si se hubiese quitado de encima dos mil años y unos días. De repente se le veía joven, audaz y risueño, saltaba por las montañas, brincaba por las colinas y cantaba, por un instante creí que hasta su olor a sudor rancio había desaparecido. Iba a lo suyo, ni siquiera veía al chico cortado que yacía sobre la tierra cubierto con los abrigos. Se quedó parado y tranquilo, con el pelo revuelto, intentó cantar la *Tikvá* y le salió el carraspeo eretzisraelí de una generación que creía que si se grita, se tiene más razón. Plantado en la tierra, sin apenas moverse, empezó a bailar una torpe y pesada *horá* que habían traído de la diáspora, una especie de *horá* de *hasidim*, y bailaba con unos ajados pantalones caqui y una Parabellum ceñida a la cintura, porque entonces solo se confiaba en Dios con una pistola en la mano, y era una *horá* de un solo hombre multiplicado por dos mil años y unos días, y él saltaba, se balanceaba y gritaba: Dios construirá Galilea, / Dios construirá Galilea, y nosotros le dijimos: estamos en Jerusalén; y uno de nosotros, mientras dormía, de pronto se puso a recitar el poema: El hombre ha nacido para morir, / la vaca para parir. / Si has subido a un poste, / tendrás que bajar. Y Beni Marshak gritaba, miserables, bastardos, ¿en qué estáis pensando? ¡Este es un momento histórico! ¡El más histórico en dos mil años! Y de repente se echó a llorar y yo me levanté y me uní a él, yo no quería, estaba cansado, pero Beni suplicaba y me tenía agarrado con su fuerte mano de cuarenta años y, en medio de ninguna parte, a las cuatro o las cinco de la madrugada, en el culo del mundo, junto a un cadáver que empezaba a apestar, sobre una atalaya meada, en medio de los disparos, unos jóvenes imbéciles bailaban y gritaban «Dios construirá Galilea» en una Jerusalén que jamás había visto la Galilea, y gritaban, un Estado hebreo, un Estado hebreo, y mientras bailaba empecé a temblar, se me cerraban los ojos, me puse cerillas entre los párpados y los pómulos, pero me quedé dormido bailando, y Beni corrió a contárselo a otros muchachos. Luego llevamos al hombre cortado a Kiryat Anavim, se lo entregamos a los ancianos de aquel kibutz responsables de los enterramientos y dormimos un poco. Cuando nos despertaron, nos enviaron a luchar a otra batalla y volvimos a olvidar por qué, y eso es lo más gracioso que me pasó en aquella guerra, que fundé un Estado mientras dormía y bailaba una *horá* junto a un compañero desconocido que estaba partido en dos.

2

Unas noches después caminábamos por las montañas cantando «Caminamos como muertos», que por lo que sé no fue escrita por Hayim Nahman Bialik, y también «Cuando las chicas sean botellas, / los chicos serán corchos / empujando, empujando», que no fue escrita por Tchernijovsky. La ciudad de Jerusalén estaba vacía, caían proyectiles sobre la Ciudad Eterna, sus habitantes estaban escondidos en las casas de piedra, hambrientos y sedientos. Continuamente había explosiones y moría gente en la calle, en las casas, en los colegios y a mitad de estúpidas canciones. Tras una batalla olvidada de la mano de Dios, que no recuerdo dónde fue, oí que habían muerto cinco de los siete compañeros que habían bailado con Beni Marshak y conmigo en la ridícula celebración sobre la atalaya, y que los dos que no habían muerto fueron trasladados a otra compañía. Así que solo quedaba yo del grupo que había luchado junto desde la batalla de Hulda. Me senté en la hierba en Kiryat Anavim con el petate al lado y esperé. Quería agua, pero no había. Llegó uno que moriría al día siguiente y preguntó dónde estaban los demás, le dije que cinco habían muerto y que dos habían pasado a la compañía de Dado, y él dijo: ven con nosotros en el blindado, te has quedado solo y tenemos trabajo para ti.

Había que llevar al comandante Eban, se trataba de Abba Eban, así lo recuerdo, o tal vez fuera otra persona, de vuelta a Tel Aviv. Jerusalén estaba incomunicada. Abu Hajar, como le apodó después Ezer Weizman, hablaba con un suave y bonito acento inglés, nos miraba con admiración y parecía que confiaba en nosotros, algo que yo en su lugar no hubiese hecho. Después de una noche de tortuoso traqueteo por caminos secundarios y barrancos, detrás de las líneas enemigas y casi dentro de ellas —después de dispararnos por no habernos identificado claramente y responder nosotros a esos disparos aun sin saber exactamente contra quién disparábamos y que dijeran que uno de nosotros había matado un burro pero nadie más que yo se compadeciese del pobre burro árabe— llegamos a Tel Aviv por la mañana temprano. Entramos en la ciudad y se oyó una sirena. Aviones egipcios bombardeaban la ciudad y la gente intentaba dirigirse a los refugios. Bajamos del vehículo blindado junto a la estación de autobuses, a lo lejos vimos heridos y corrimos a auxiliarlos, entonces cayeron más bombas y vimos cómo los aviones egipcios surcaban el cielo haciendo un tremendo ruido, pero estábamos cansados y ya había mucha gente allí que había llegado a auxiliar a los heridos, así que nos quedamos a estirar los huesos, porque llevábamos ocho horas hacinados en el vehículo blindado y armado, y Abba Eban se metió en el refugio más cercano y se oyeron explosiones y yo me dirigí a casa de mis padres.

En las calles no había nadie y reinaba el silencio, a

excepción de algunas ráfagas de fuego antiaéreo, y vi a ancianos de la generación de mi padre con boinas negras en las que podía leerse: «Guardia ciudadana». Oí sus pitidos y sus gritos, «Hagan el favor de apagar la luz», a pesar de que ya era de día y no estaba oscuro, pero los ancianos estaban confusos y cansados y llevaban máscaras antigás colgadas de los hombros y gritaban: «Hagan el favor de bajar a los refugios», «Hagan el favor de apagar la luz», y ¿quién dice hoy en día «Hagan el favor»? Esa bella y antigua forma de hablar ha permanecido en Berlín, que por aquel entonces solo vivía en Tel Aviv de alquiler.

Observé las casas que estaban tan plantadas en las calles que yo conocía y en las que había crecido. Sentí envidia de la gente que no se veía por la calle, con la que tal vez soñé como a través de un opaco cristal. Pensé en mi padre, que cuando los italianos bombardearon Tel Aviv en la Gran Guerra se negó a bajar al refugio porque, según las estadísticas, eso explicó, las posibilidades de que alguien fuera alcanzado en Tel Aviv eran una entre cinco millones. Por tanto, se quedó en su habitación de la cuarta planta, frente al mar y frente a los chacales que deambulaban de noche junto al cementerio musulmán, leyendo a Jean Paul o a Heine, hasta que un día, de pronto, bajó al refugio. Todos se sorprendieron y le preguntaron: Moshé, ¿qué hay de tus estadísticas? Y él dijo que había oído en la BBC que en Moscú había un zoológico donde solo quedaba un elefante y que ese elefante había muerto en el bombardeo de hacía dos días.

Antes de poder llegar a nuestro piso de la calle Ben Yehuda, 129, cayeron bombas bastante cerca de allí, creo que en la calle Arlozoroff. Al entrar en el edificio vi a los vecinos envueltos en mantas en el portal, que hacía las veces de refugio y que estaba protegido de la metralla por una pared de ladrillos blancos, y al parecer me saludaron y se sorprendieron de verme porque sabían que me había ido. Moví la cabeza, no tenía palabras, y subí las escaleras y entré en el piso. Mi madre echó a correr detrás de mí. Más tarde me contó que entré en casa sin saludar y sin decir una palabra, que me fui rápidamente a mi habitación y la de mi hermana Mira, que por entonces tenía unos siete años, di un portazo y no salí en mucho rato. No comí. No bebí. Me pasé horas y horas dibujando con unas tizas de colores que encontré en el cajón de mi mesa. Parece ser que moví la mesa y me subí encima para pintar también en el techo. Pinté cosas horribles, monstruosas, pinté águilas, pinté un buitre con el ojo de un hombre en el pico, pinté supervivientes del Holocausto, que ya por entonces se veían por las calles, pinté tejados, en especial uno del que al parecer yo creía que quería saltar. No permití que nadie entrara. Después de la guerra, cuando volví a ver aquellos dibujos, los borré.

Mientras dibujaba recuerdo que un olor a salchicha asada procedente de la cocina penetraba por la ventana situada sobre la cama de mi hermana. Me arrastré hasta la cocina y me tragué la salchicha y recuerdo vagamente el infiernillo y estaba también el hornillo Primus con una cacerola llena de *gulasch* esperándome en vano. Oí el llanto de mi madre y de algún modo recuerdo, como en sueños, que salí al balcón y contemplé abstraído mi mar, que se había convertido en mi hogar, más que todas las casas donde alguna vez había vivido, y cuya profunda belleza azul las tardes de invierno era mi vida secreta, y oí el triste aullido de los chacales junto al cementerio musulmán y recuerdo la música de los canalones con la lluvia que me golpeaba y el sol cortando el mar y parece que todo aquello de algún modo me daba seguridad.

Mi padre y mi madre, eso dijeron después, comprendieron y no preguntaron. Ni siquiera sabían que llegaba de Jerusalén. Tras una noche y medio día, salí de la casa y fui a la estación de autobuses, que estaba casi derruida. Hice parte del camino corriendo. Allí esperaba el blindado y, con él, otros chicos que parecían dormidos de pie. Un avión surcó el cielo. Un hombre gordo me dio un cigarro Simon Arzt egipcio con boquilla dorada, de esos que ya no se veían por aquí. Me detuve al lado de ellos. No nos saludamos. No recuerdo el inicio del viaje, solo que era pleno día y había mucha luz y que, cuando llegamos a Bab el-Wad, nos reconocieron y comenzó un tiroteo masivo. Respondimos a los disparos en marcha a través de las ranuras que abrimos y, cuando me retiré un poco para cambiar el cargador, una bala entró por una ranura abierta y empezó a volar de un lado a otro. Sonaba como una abeja de acero chocando sin fuerza contra las paredes. No teníamos escapatoria. Vimos flechas de fuego pasando y nosotros estábamos atrapados y la bala volaba, volaba y volaba, y en el aire había un olor a sorpresa más que a miedo porque no nos habían preparado para una situación así. Solo por la estela de luz turbia que dejaba a su paso se podía distinguir la bala y dos de los nuestros nos cayeron a los pies. Se agitaron un poco, gritaron y, de repente, se callaron y su sangre fluyó. La bala siguió volando hasta que perdió la fuerza. Entonces la cogió Mish-ka y la tiró fuera como si quisiera vengarse de ella. Los cadáveres que estaban a nuestros pies, con la saliva chorreándoles por la boca; continuaron el viaje.

Llevo cincuenta y nueve años intentando escribir sobre todo aquello. En 1949, cuando era marinero en el barco *Pan York*, cuando ayudé a traer a Israel a supervivientes del Holocausto, escribí un libro titulado *Los compañeros de Beni*, de Beni Marshak, claro está. Una hermosa mujer del pueblo Kfar Yehoshúa copió el manuscrito, pero nadie lo quiso y se perdió.

No estoy seguro de lo que recuerdo realmente, no confío en la memoria, es astuta y no hay en ella una única verdad. ¿Y qué es realmente lo importante? Una mentira como resultado de la búsqueda de la verdad puede ser más auténtica que la verdad. Piensas y, al cabo de un rato, recuerdas solo lo que quieres. Yo era un joven de diecisiete años y medio, un buen chico de Tel Aviv en medio de un baño de sangre. Intento pescarme a mí mismo de aquello que me parecen recuerdos, pero tal vez estuve en otro lugar. Un hombre serio me dijo años más tarde que la historia de la bala dentro del vehículo blindado no ocurrió en Bab el-Wad sino en el monte Sión. ¿Tendrá razón? ¿Y entonces? ¿Y si resultara que me pasé cinco meses tumbado bajo un edredón de plumas en el magnífico palacio de mi difunto abuelo Yankele Hariri, un aristócrata judío de Venezuela, y soñé todas esas cosas?

¿Quién era yo entonces? ¿Qué hacía exactamente?
¿Iba al baño? ¿Teníamos baño? ¿Alguna vez me lavé

allí los dientes? ¿Tenía cepillo de dientes? ¿Me lavaba los dientes como cualquier buen chico de Eretz Israel? ¿De dónde sacaba la pasta? ¿Y qué hacía entre batalla y batalla? ¿Quién era, en qué pensaba la mayoría de las veces que no recuerdo que pensase? ¿Y qué es un recuerdo? Un recuerdo es lo que yo escribo que es un recuerdo.

Soy un viejo enfermo pensando en el nuevo Estado que fundó Ben Gurión, un Estado que hoy tiene sesenta años, cuyos padres ya no están vivos y cuyos herederos, unos estúpidos, mentecatos, rateros y granujas, han olvidado de dónde vienen. El recuerdo es difícil para quien no estuvo allí y no vio cómo buenas personas se equivocaron y no se equivocaron, cómo tomaron decisiones sorprendentes, pero también audaces. Recordar; y muy pronto no quedará nadie de los que estuvieron allí conmigo, aunque veo que hoy en día hay más de los que había entonces. Se han multiplicado tras la muerte. Hoy día hay un museo del Palmaj más grande de lo que era todo el Palmaj cuando existía el Palmaj y, además, está la generación del Palmaj, que hace películas del Palmaj y organiza convenciones del Palmaj y nombra comités conmemorativos del Palmaj, también se otorgan premios del Palmaj y se reescribe la historia del Palmaj: ¡han fundado una empresa para distorsionar el recuerdo del Palmaj! El verdadero Palmaj fue liquidado en 1948 por orden de Ben Gurión, quien, con su brutal fanatismo, comprendió que había que disgregar a los ejércitos privados de los partidos, de los que el Palmaj formaba parte, sin importar cuánta sangre derramó, cuánta felicidad trajo finalmente ni cómo, con unos cuantos batallones más, fundó un Estado de la nada. En una triste convención en el Bet Haam gritaron: «Ya ha cumplido con su obligación, ya puede largarse». Tras su muerte, el Palmaj se convirtió en un gran ejército con un gigantesco palacio donde el noventa por ciento de sus asiduos no estaban en el Palmaj por aquel entonces, cuando se luchó. Como se suele decir, hay vida después de la muerte, al menos así es para los movimientos de resistencia israelíes.

Israel. Judea. Estado hebreo. Judío. Israelí. Tal vez no sea más que una nueva Canaán, la tierra de los amorritas, de los hivitas, de los jebuseos, el Estado de los judíos. Nosotros, en vez de maestros, tuvimos profetas oradores que querían que los redimiésemos, que venciésemos a los nazis, su nombre sea borrado de la tierra. «Nosotros», yo soy una excepción, ya que mi padre era indiferente a los nuevos Estados en Oriente Medio y leía libros en alemán y escuchaba cuartetos de Beethoven y música de Monteverdi y soñaba en alemán con Berlín, pero casi todos mis compañeros tenían padres que hablaban yiddish, rumano o húngaro y, cuando empezamos a sentir que la guerra se avecinaba, quedaron espantados porque solo entonces se les informó de que sus familias, a las que habían dejado al emigrar a Eretz Israel, habían sido exterminadas en el Holocausto que acababa de terminar. Nos enviaron con gran entusiasmo a fundar un Estado para sus familias asesinadas, a fundar un Estado para sus muertos, y ellos no sabían que el Estado sería una especie de manicomio en el desierto, todo sembrado de la harina de huesos de judíos que no lograron llegar vivos.

Israel es efectivamente un Estado de muertos. Se fundó para los muertos. Es un recuerdo de que podrían no haber muerto si se hubiese fundado cincuenta años antes. ¿Cómo puede un Estado judío vivir con el vínculo histórico de una especie de Dios que asesinó con frialdad, con indiferencia, a un tercio de su pueblo? Detrás de nosotros hubo viejos y melancólicos revolucionarios que creían en el mismo «a pesar de todo» de Brenner. Algunos de ellos eran extravagantes, de baja estatura y envidiosos, bellos en su celo y en su amor por una historia que dio derecho a sus hijos a vengarlos, y quizá también fuesen nobles en el sentido más pobre de la palabra y nos vieran por un solo instante en las crónicas de Israel, un pueblo eterno, un pueblo ancestral que lleva buscando dos mil años vivir con honor y no sabe cómo se vive con honor, un pueblo al que le gusta añorar más que vivir, que nació en el desierto y se fue de su patria, de la casa de sus padres, para vagar y ser golpeado, pero no para hacer algo audaz con toda esa nostalgia. Nuestros maestros pensaban que reviviríamos nuestra antigua tierra, nuestra casa nacional, y seríamos los vengadores de la historia de Israel, los vengadores de los pogromos. Querían que llevásemos a cabo una gigantesca operación de represalia contra la historia judía, como en *El discurso* de Hayim Hazaz, que todos aprendimos de memoria. Querían que empezásemos a crear una nueva historia judía, varonil, nuestra, y que dejásemos de vivir de la caridad de la historia de los demás. Teníamos que proporcionar honor al pueblo humillado que fue atacado para exterminarlo y nos dispusimos a fundar un estado contra Chmelnitzky, contra los cosacos y contra los alemanes, y todo lo que encontramos enfrente fueron árabes que conocíamos porque nos habían disparado en los años treinta cuando íbamos hacia Gedera, y por los burros, por el mercado de Yafo, por los gritos de «*Itbaj al yahud*», «Muerte a los judíos», por el sabroso humus, por el café con cardamomo, por la playa Khayyat de aquel aristócrata árabe a quien mi padre gustaba visitar en su palacio de Haifa, por las historias de Hanita y Wingate y, desde 1920, por la matanza, la ira y la lucha.

Lo que ocurrió aquí hace dos mil años era para nuestros antepasados una leyenda, trozos de arcilla quemados, y para nosotros lo que ocurrió entonces es historia y geografía. Éramos los hijos de la Biblia, pero también los hijos del *Libro de leyendas* de Bialik y Ravnitzky, y nos gustaba leer cómo Moisés vio a Josué entrar en la tienda de reunión, tuvo envidia de él y dijo a Dios: «Cien muertes y ni rastro de envidia».* Nuestros padres eran polacos, rusos, alemanes, rumanos y griegos que conocieron las calamidades y la humillación y vinieron a la patria histórica para hacer que nuestros días fuesen como antes. Hace sesenta años, desde diciembre de 1947 hasta finales de 1948, éramos realmente «los de hermoso cabello y semblante».** Puedo jurar que lo éramos.

Entonces había tres tipos de pasta de dientes: Shemen y Shemhav, de la sanidad pública, y la Collins británica, que era la joya de la corona. Fumábamos Matossian, Latif, Degel, Odem, Dubek, Players, Craven, diez cigarrillos por paquete. Estábamos casi sin armas, con ofi-

---

* Deuteronomio Rabbah 9, 9.
** Imagen prototípica del *sabra*, judío nacido en Israel, que luchó en 1948, tomada del poema de Hayim Guri «Hareut» («La camaradería)».

ciales sedientos de batalla pero carentes de experiencia de combate que antes de convertirse en oficiales todo lo que sabían de la guerra asesina, cruel y sangrienta era volar puentes y golpearse unos a otros en una batalla cuerpo a cuerpo. Y, de hecho, y esto no es retórica, a pesar de las cosas que han escrito sobre nosotros gentes de mal corazón que se han inventado una historia nueva, efectivamente éramos pocos. Durante aquellos amargos meses, hasta el primer alto el fuego, estábamos solos, hambrientos y sedientos. La mayoría de nuestros coetáneos aún no se habían alistado. Solo después fueron reclutados y obligados a dejar el instituto antes de terminar el último curso, pero con el certificado de bachiller en la mano. Y yo solo tenía el certificado de haber terminado la educación elemental, que tampoco era nada del otro mundo.

Me alisté antes, unos meses antes, y todavía hoy dudo de si era estúpido por caerme una y otra vez de la bicicleta que me regalaron en mi *bar mitzvá*, una bici Peugeot roja cuando todos montaban en una Raleigh. Y tal vez me golpeaba la cabeza por ir mirando a todas las chicas guapas que pasaban por la calle e incluso a las que no eran guapas, qué sabía yo entonces de la belleza de las chicas. Nunca terminé el instituto y, cuando mis compañeros del colegio fueron reclutados, ya les habíamos fundado un Estado para el que ser reclutados.

Estábamos en Jerusalén y en Bab el-Wad. No éramos como otras brigadas de jóvenes procedentes de kibutz, de los grupos de preparación agrícola, las tiendas de campaña del Palmaj y las canciones hasta el alba; entre nosotros había algunos que eran de los kibutz y habían estudiado en el colegio, pero la mayoría éramos unos patanes salidos de todo tipo de agujeros: de las colonias agrícolas, de Mahlul, de Shipur Hayan, de Gedera, Kfar Malal, de Kfar Yehezkel, de Haifa, de Kfar Saba, de Nahalal, de Musrara. Nos colábamos en todo tipo de sitios, no teníamos ni un céntimo, y caminábamos cantando cómo moriríamos en Bab el-Wad. Cantábamos con placer y con coraje. Éramos tan majaderos, que pensábamos que realmente sería estupendo morir en Bab el-Wad e imaginábamos cómo nos dispararían misiles anticarro.

Efectivamente, éramos de hermoso cabello y semblante, pero listos, no. Los listos no eligen morir cuando tienen diecisiete, dieciocho o ni siquiera veinte años. Los listos prefieren Estados reales en vez de Estados soñados. Los listos no intentan fundar Estados nuevos con los vientos abrasadores del desierto en una tierra llena de árabes nativos y rodeada de Estados árabes que los consideran unos extranjeros perversos.

Llegué a las batallas y a la muerte directamente desde el curso número nueve del Palyam, donde nos enseñaron a nadar, a hacer nudos, a navegar en barcas. En el curso participé tan solo en un campo de tiro en el desierto y, acto seguido, directo a la guerra. Tras la primera carnicería en Hulda, sabía más de la guerra de lo que sabían mis oficiales. Y es que hay que ser un joven loco para luchar en una guerra suicida por alguien que no sabes quién es y por algo sobre lo que no tienes ni remota idea de lo que será. Solo después de la guerra se descubrió, y no siempre con agrado, que fundamos un Estado para unos muertos que no vivirían en él.

3

Había una vez un hombre que un día se presentó en la puerta de nuestra casa en la calle Ben Yehuda. En vez de llamar al timbre, dio fuertes golpes en la puerta. La abrí un poco, eché un vistazo y no vi a nadie. De pronto, un instante después, apareció en el resquicio un hombre que tenía la cara como aplastada. Me asusté y le abrí la puerta. Permaneció muy erguido. Antes, cuando no lo había visto, debía de estar agachado. Llevaba una boina azul descolorida y caída hacia un lado. Estaba pálido. Tenía los ojos apagados. Cuando me reconoció, hizo una mueca como de enfado, pero en sus ojos había una especie de chispa pícara, pícara-sombría, como la que había visto una vez en el rostro de un muchacho que estaba con los brazos en alto en una película sobre el gueto de Varsovia. Con su desdichada picardía parecía derrotado, pero fuerte al mismo tiempo. Tenía los ojos entreabiertos y, entonces, con un movimiento brusco, como si intentase esconderse debajo del pequeño felpudo de la entrada, se arrodilló en el suelo como un perro.

La profesora de inglés, la señorita Gross, que acababa de terminar su segundo afeitado del día, oyó el ruido.

Abrió su puerta, que estaba al lado de la nuestra, y al ver al hombre gritó aterrada: «¡Os dije que vendrían los nazis!». Y como era habitual cuando llegaban los nazis, corrió a esconderse en el armario de los contadores de la luz, abajo, en el portal. Su padre cazaba leones en África para abastecer los zoológicos de Alemania. Fue golpeado mortalmente la Noche de los Cristales Rotos, cuando se escondió en un gran armario de contadores en un restaurante de la esquina de Fassane Strasse.

El hombre que estaba en la puerta dirigió la vista hacia ella y le clavó una mirada rápida, maliciosa, y vi cómo la sangre abandonaba el rostro de la mujer. Sus ojos entreabiertos la siguieron cuando salió disparada hacia abajo, solo que entonces lo reconsideró y, en vez de bajar hasta el armario de los contadores de la luz, volvió corriendo a su casa, para asomarse al balcón que daba al mar con el deseo de nadar hacia Berlín.

Los ojos del hombre se abrieron, entonces se levantó del suelo y, con una mirada incluso más abatida que antes, me preguntó en tono de reproche si yo era el hijo del «bastardo». Dije que yo era el hijo de Moshé. Él dijo: eiso es lo que he preiguntado, chico. Y yiddish seiguro que sabes. Dije que no. Dijo: lo primeiro en esta tierra ha sido matar a los judíos más de lo que lo hicieiron allí. Dije que sentía no hablar yiddish y, con una sonrisa empalagosa, dijo: tú no, peiro dime una cosa, ¿no sueiñas en yiddish? Un judío solo puede soñar en yiddish y no pueide contar en otro idioma. Dije que yo no hablaba yiddish y que soñaba en hebreo y contaba en hebreo, y él dijo: no te preocupes, cuando mueiras, moreirás en yiddish. Todos los hebreos al morir mueiren en yiddish. El hebreo es un idioma de árabes que se hacen pasar por judíos.

Prosiguió con su divertido acento: hebreo solo sé un poco, estudié en la Ternópol de tu Moishe, y yo digo algo y te ríes de mí, aunque ya veiremos quién ríe el último o el primeiro, peiro el asqueiroso *Deutsche* de tu bastardo padre yo no lo hablo. ¿Y dónde está? Dije que él no era un bastardo, y él dijo: ya lo creio que es un bastardo, y gritó: escucha, no estés tan contento. Le dije que no estaba contento, y él dijo: y a peisar de todo, no estreicharé tu mano, peidazo de *sabra** bastardo, y veite de una vez a deicir a Moishe que estoy aquí.

Le pegunté quién era, para decírselo a mi padre, y él gritó: él ya sabe quién soy. Y, efectivamente, mi padre oyó el jaleo, seguramente reconoció la voz, salió de su habitación y, al descubrir a aquel hombre delante de él, ambos se quedaron petrificados, como si los hubiese alcanzado un rayo. Parecían muñecos de cera en un momento profundo surgido de sí mismos y empezaron a medirse el uno al otro, entonces el hombre apagado se acercó a mi padre, se detuvo a su lado y luego se alejó, como si se tratase del ballet de Rina Nikova que había visto con mi tía Esti. Entonces se abalanzaron el uno hacia el otro y empezaron a pegarse. Realmente luchaban sin hacer ruido, los gritos se veían pero eran mudos por más que sus bocas se movían y sus cuerpos chillaban. Entonces pasaron al yiddish, y esa fue la primera vez que oí a mi padre hablar en yiddish y la primera vez

---

* En la jerga israelí, se denomina *sabra* al nacido en Eretz Israel, a diferencia del inmigrante judío. El nombre procede de la palabra hebrea que significa «chumbera», una planta que, como se dice de los *sabras*, es dulce y blanda por dentro, pero dura y espinosa por fuera.

que lo vi pegar a alguien y la primera vez que lo vi abrazado a alguien. Pues ni siquiera abrazaba a su mujer, tampoco a nosotros, ni a mi hermana ni a mí.

Mi padre ni me vio. No dirigió la mirada hacia mí. Miró la puerta de la vecina y murmuró algo y, al cabo de unos minutos, los dos retrocedieron unos pasos casi al unísono y se alejaron el uno del otro y el forastero escupió. Entonces mi padre, siempre tan elegante, con su ropa bohemia, impecable y hecha a medida en la sastrería de Neumann, mi padre, que hasta al retrete iba con corbata, aquel dandi pobre, se echó al suelo como un animal, sacó un pañuelo blanco almidonado del bolsillo de su camisa azul y limpió el escupitajo de aquel hombre, luego lo dobló a conciencia y volvió a metérselo en el bolsillo. Ese era mi padre, alguien capaz de limpiar los jabones para que estuviesen más limpios. Arrastró al hombre hacia su habitación y cerró la puerta de golpe.

Estuvieron encerrados bastante tiempo en la habitación de mi padre. Al cabo de un rato se oyeron voces y oí al hombre gritar en un hebreo algo extraño, pero lo hizo en hebreo para que también yo lo entendiese. ¿Qué pasa, Moishe? ¿Quieres que tu hijo incircunciso, el *sheygets** de Eretz Israel, tu hijo no único Efraim,** no lo oiga? Dime, ¿y qué hay de Yoshka? ¿Y qué hay de Bomek? ¿Y de Yetka? ¿Y de Natan, eise amigo de tu hermano Dov Ber, que antes de deisaparecer dijeiron que había matado a un cosaco? ¿Y qué hay de Naftuli, el

---

* Se utiliza el término *sheygets*, en yiddish, y *goy*, en hebreo, para hacer referencia al «no judío».

** Referencia a Jeremías 32, 20.

que se creía un gran poeta? Y mi padre preguntó: ¿qué?, ¿ese que fue futbolista del Hakoach Viena? El hombre dijo: pues claro, y cómo jugaba, era el narciso de Sarón.* Y Hassia, ¿cómo es que no tienes un poco de corazón, *a bissel lev*? Cómo escapó Motele cuando fue a buscar a tu queirido hermano a Siberia, ¿y dónde estabas tú? Revolvieron cielo y tierra buscándote. Eires un bastardo, Moishe, no por la Torá, que murió allí con nosotros cuando tú huiste, sino por tu padre Mordechai, a quien abandonaste.

Mi madre entró rápidamente en la habitación y preguntó si el hombre quería café, té o algo frío, y él le gritó: no quieiro nada de usted, seiñora Moishe, váyase al infierno, no quieiro frío, ni caliente, ni agua, no quieiro nada.

Mi madre se quedó embelesada por lo que más tarde describió como una revelación, aunque no supo interpretarla ni decir de qué. No era una niña mimada de una casa de huéspedes de Suiza, había crecido en la pobreza y, siendo muy pequeña, llegó en un barco pestilente desde Odessa, luego fue enviada desde Tel Aviv a los campos de En Ganim junto a Petaj Tikvá y los turcos, de los que siempre decía «que su nombre sea borrado», la apaleaban. Vio muchas maravillas. En el exilio de En Ganim se tumbaba en un campo de cardos y buscaba cabras en el pueblo árabe cercano para llevar leche a su padre enfermo. Cuando regresaron a Tel Aviv, solía sentarse junto a su puerta mientras él enseñaba hebreo a jóvenes muchachas, un idioma que estaba prohibido utilizar por orden de los turcos, y ladraba como un pe-

---

* Cantar de los Cantares 2, 1.

rro cada vez que un policía turco se acercaba y, al oír sus ladridos, las chicas empezaban a cantar, como si se tratase de una clase de canto que los turcos sí permitían. Se le murieron todos, su padre, su madre, sus dos hermanos, el chacal, la pandilla, el profesor Bugrashov, el profesor Brenner, el profesor Nesher. Y cuando ocurrieron los incidentes de 1921, se ocupó de los cuerpos calcinados de Brenner y sus amigos. Mi madre conoció guerras, en 1929 y en 1936, y la guerra mundial, pero frente a aquel hombre vi cómo cerró la boca, como si se hubiese convertido de nuevo en el perro de su padre, y salió de la habitación y por unos instantes reinó el silencio.

Entró en la cocina y lloró mientras ponía a calentar agua para nadie, porque mi padre jamás se tomaba el café que ella hacía, solo el café que él mismo preparaba en un extraño aparato que trajo consigo de Alemania, y también odiaba el té por ser demasiado judío. Se oía el romper de las olas y unas veces gritaban y otras hablaban en voz baja. El hombre dijo: Moishe *kim aherr* y póstrate ante mí, miserable bastardo; y así comprendí que mi padre se había echado de bruces al suelo, algo que hoy me resulta imposible, pero lo recuerdo, aquello lo recuerdo perfectamente. Y unas dos horas más tarde se abrió la puerta, los dos estaban llorando, mi padre, al que jamás había visto llorar, y el hombre pálido, cuyas lágrimas fluían como agua de un grifo. Salieron de la habitación, el hombre se acercó a mí y de repente se rio. No tenía muchos dientes en la boca, y dijo: polvo, tú, vosotros sois polvo, y en vano, tu padre en vano, tu madre en vano, tú en vano, un hebreo así sí que sé. ¿Cómo un pueblo de judíos se convierte en polvo?

¿Cuándo han vivido los judíos en un Estado propio? No habrá un Estado. Los judíos no son el Keiren Kayeimet ni Ben Gurión. Herzl comprendió eiso y por tanto murió fueira de Eiretz Yisroel, ¿qué iba a buscar él en una tierra de judíos? Aborreicía a judíos como nosotros. Y tu padre, ¿dónde nació? ¿En Berlín? Nació en Ternópol, Galitzia, era austriaco solo porque los bastardos de Francisco José lleigaron hasta allí. Luchó por ellos, se hizo oficial y quiso unirse al ejército alemán. ¿Y tú quién eires? Una espeicie de árabe que no sabe lo que es una lengua judía, y tú beisarás el culo a los aleimanes aquí, que esta vez se han disfrazado de árabes, y traeréis todos los huesos de los judíos para enteirrarlos aquí y habrá aquí un cementeirio para el polvo de los judíos muertos. Tú sabes, *mein Kind*, qué clase de hombre eira tu abuelo, y tu padre no me quieire. Se avergüenza de alguien como yo, peiro con los aleimanes es bueno. A ellos los ama. Nos abandonó en Ternópol para que muriésemos. Se disfrazó de aleimán y les chupó el culo a los aleimanes en los bares de nazis de Berlín y tocó allí, y no conmigo. Conmigo no tocó. Yo soy deimasiado judío. Yo, como vosotros deicís, soy diaspórico. Y entonces sonrió con dulzura y suavidad y besó a mi padre en los labios y mi padre le devolvió el beso y, de golpe, se apartó de mi padre, siguió llorando en silencio y estrujó la gorra que llevaba y, antes de salir, volvió la cabeza hacia la habitación de mi padre con todos sus libros alemanes y dijo: tu hijo morirá joven, peiro es como era su atractivo abuelo.

El hombre se fue escaleras abajo con agilidad y mi padre lo siguió con la mirada. Yo estaba fascinado con aquel hombre. Era una estatua caída de un rey muerto.

Era un muerto andante. Era un antiguo palacio desmoronado. Mi padre entró rápidamente en su habitación y le oí poner en su gramófono la ópera de Monteverdi que tanto le gustaba. Durante muchos días estuve pensando en aquel hombre y mi padre intentó zafarse de mí. Al final le pregunté quién era aquel hombre y mi padre dijo ¿quién? Dije ¿cómo que quién? El hombre que estuvo aquí, el que habló contigo en yiddish, al que besaste, y de pronto mi padre pareció confuso, como si una nube se hubiese metido en su cabeza. ¿Quién? Aquí no ha habido nadie, repitió, parecía aturdido, y entró en lo que por entonces llamábamos retrete y oí un gemido ahogado.

Por entonces yo era joven. Un hombrecillo de dieciséis años. Nunca había visto espectáculos así —lo máximo que había visto era *Edipo rey* en el teatro Habimá dirigido por Tyrone Guthrie, mientras fuera los del Leji* y los británicos se disparaban y explotaban algo no muy lejos de allí— y añoraba una inocencia que me había ido abandonando, como había abandonado por entonces a todo el mundo. Las calles empezaron a llenarse de seres miserables que se parecían al hombre que había estado con mi padre, vestidos como príncipes mendigos. La ciudad se llenó de personas destrozadas.

Empecé a ir a buscarlos. A buscar a quien creí que era el primo de mi padre Moshé. Se agrupaban, hablaban

---

* Acróstico de *Lojamei jerut Israel* (Luchadores por la Libertad de Israel), organización clandestina que luchó contra el Mandato Británico con métodos terroristas.

en voz baja, compraban y vendían, y uno llevaba un paquete y gritaba termómetro, termómetro barato, y le decían quién necesita un termómetro, y decía compradlo para que no lo necesitéis. Pensé: quién es el hombre que vino a nuestra casa. Quería traerle a hombros a Eretz Israel de nuevo, ser como los héroes de su pueblo.* Tenía la horrible sensación de que quien era un don nadie era yo y no él. Yo era culpable por haber comido cuajada durante la guerra cuando iba a Gedera mientras ellos morían. Recuerdo que el maestro Zvi Katan dijo una vez con ira que, mientras su familia era aniquilada en el gueto, aquí teníamos una economía boyante. Había comida. Había dinero. Todos hacían negocios con los ingleses.

Me encontré entonces con un hombre que se pegó a mí. En el hebreo antiguo de las traducciones de hace muchos años, con palabras como *gendarme*, *posta* y *piaster*, dijo que le resultaba conocido y que había estado con él en un campo de refugiados cerca de Frankfurt, y yo dije que no había estado allí. Dijo que recordaba perfectamente mis ojos, cómo iba a olvidarlos, si era idéntico a su hijo, que había muerto en aquel maldito lugar, ¿cómo me atrevía a negarlo?, ¿y su hijo estaba muerto? ¿Cómo, cuando yo era él? Le dije que no era yo. Yo solo era un miserable eretzisraelí, un *sabra*, de buena familia, mi padre era el director de un museo y, mientras los judíos morían, él

---

* Referencia al verso «cargan a su pueblo a hombros», del famoso poema de Natan Alterman «Respuesta a un discurso de un capitán italiano», dedicado al capitán del barco *Hannah Senesh*, que logró llegar a las costas de Eretz Israel en diciembre de 1945 con 252 inmigrantes judíos a bordo.

organizaba conciertos de cámara donde tocaban a todos sus alemanes. Bach. Beethoven. Cuartetos. Sonatas. El hombre se acercó a mí, me abrazó y gritó: no olvides a tu padre, *mein Kind*, y de pronto se irguió y echó a correr, y entonces, se lo aseguro a los fieles lectores que han llegado hasta aquí, salió volando, o así lo recuerdo yo, sobrevoló el cine Mugrabi y rozó el tejado, que empezó a moverse y a abrirse, y el *yekke** gor-dinflón que vendía salchichas en la plaza de abajo le gritó: dime quién es mejor, Goethe o Shakespeare, y cuando dije que Goethe era mejor, me dio una salchicha y escapé de allí muy avergonzado.

Me fui a las dunas. Quería tocarlas para librarme del *yekke* gordinflón que vendía salchichas en el Mugrabi con su Goethe y el de mi padre. Quería ser yo, por nosotros, por los eretzisraelíes, por las cidras de Eretz Israel que éramos nosotros, por los adorables y espinosos *sabras* que debíamos ser, para eso nos crearon, a diferencia de los feos y equivocados judíos de la diáspora, y frente a ellos yo quería higos chumbos, gaseosa y aullidos de chacales, y pensé en uno que había dicho que les rogaron que se fueran a Eretz Israel para salvarse, era el alto comisionado para los judíos, y que los alemanes querían que se marchasen de Europa porque apestaban y eran una raza miserable, que había una oficina de emigración para judíos en Viena, con Eichmann, un experto en judíos, y que hubiera sido posible, pero ellos no quisieron. Y cuando oí hablar de los campos dije: les está bien, para que aprendan para la próxima vez, y entonces me asusté de las cosas que dije y lloré.

* Término despectivo para referirse a un judío de origen alemán.

Era tan estúpido como la mayoría de nosotros y pensaba que quizá no sabía mucho sobre mi padre. Cómo era que no tenía familia aquí, salvo una hermana y una prima en Safed que tenía un pequeño hotel en la ladera de la montaña, cuando había montones de tíos y tías, y de primos y primas. Fui a ver a su amigo Ernst, que vivía en la calle Yehoash, uno de sus mejores amigos, y le hablé del hombre que era mi padre. Yo sabía que la mujer de Ernst, Lili, la más delicada de las mujeres, había sido una vez el gran amor de mi padre y él el suyo, y todos sabían que ella era la única mujer a la que había amado. No recuerdo cómo sabía eso a los dieciséis años, pero lo sabía. Ernst se casó con Lili debido al complejo de inferioridad de mi padre Moshé «el *Ostjude*», que debido a su terrible necesidad de valorar solo el fracaso y por su amor a los héroes fracasados, por su incapacidad para tocar el violín como Huberman, por su exigencia de ser grande y su conciencia de que realmente no lo era ni podía serlo, y debido a la sensación, como la de la mayoría de la gente, de que no era tan respetable como Ernst, que había nacido rico en Berlín, pensó que no estaba a la altura de Lili, que de verdad lo amaba, y aquel pobre majadero, mi padre, entregó a su única amada, Lili, a su querido amigo Ernst.

Ernst me contó lo que mi padre Moshé no me había dicho nunca. Que tenía a todos esos parientes en Ternópol y que casi todos vivían en la calle Barón Hirsch, hasta que todos, sesenta hombres y mujeres, fueron llevados un día a una zona boscosa cercana y obligados a cavar un hoyo y, cuando hubieron terminado de cavar el hoyo, los empujaron con disparos y los acribillaron a balazos dentro del hoyo y fueron enterrando allí los unos encima de los otros, y dicen que uno de ellos, el hijo del tío Menashe, sobrevivió y llegó a Eretz Israel por Siria, y puede que el hombre que viste sea ese primo. Sentí pena y vergüenza de que mi padre no invitase a aquel hombre a vivir con nosotros y de que no quisiese saber dónde se alojaría. Ernst dijo que aquel hombre estaba enfadado con mi padre por no haberse quedado allí. Por haberlos traicionado y no haber estado con ellos en el montón de cadáveres.

Poco después oí decir a un amigo de mi madre, Zeev Shifman, que el hombre había encontrado trabajo en la refinería de Haifa y, al cabo de un tiempo, cuando ya habían empezado los disturbios, oímos que había muerto en el ataque de los árabes a la refinería, y mi padre dijo con parquedad: aquel hombre que preguntaste quién era ha sido asesinado. Sobrevivió cuando la familia murió allí para morir aquí, en Eretz Israel.

En el piso de abajo vivía la señora Cramsky. Unos días antes tuvo una visita, una anciana con quien me encontré en el portal. Cuando le pregunté si quería que le diera la luz de las escaleras, dijo, como aturdida: no entiendo hebreo; y preguntó: ¿por qué? Dije: porque sí. Dijo: qué es porque sí, ¿porque sí es opuesto a por qué? Dije: porque no es lo contrario a porque sí. Ella dijo: aquí no entiendo nada. La vecina, la señora Cramsky, me tenía cariño y, una vez, hasta le dibujé a su difunto esposo copiando una vieja fotografía que tenía colgada en la pared. Le dije que quería saber cosas de aquella anciana. Le dije que había visto a un hombre que pensaba que yo era otra persona, que alguien había venido a ver a mi padre, que tal vez realmente era su primo, y que mi padre había dicho que ese hombre no había estado, y que yo quería saber.

La señora Cramsky sonrió. ¿Eres un *sabra* y quieres saber? Le dije: mucho. Llamó a la anciana. La anciana me miró y dijo: por qué porque sí. Y sonrió sin dientes. La señora Cramsky le dijo algo en polaco y la anciana se acercó a mí, me palpó la cara con delicadeza y se rio. Hacía frío en la habitación. La anciana se sentó encogida junto a la ventana bajo un fuerte rayo de sol que la distorsionaba. La señora Cramsky dijo que la anciana no quería hablar conmigo, pero ella misma me contó durante un buen rato cómo había escapado la anciana y cómo había estado en manos de un hombre y cómo había cargado carretillas descalza por la nieve y cómo deseaban matarla pero la necesitaban porque sabía hacer cálculos. La anciana escuchó con los ojos cerrados su historia tal y como me era contada y empezó a declamar números en alemán. Yo sabía un poco de alemán y ella sumaba y restaba grandes cifras y dijo: *ja, ja, Gottenyu halaj schlafen*,* y un SS me cortó una oreja. Cómo se fue toda la familia. Cómo se fue todo el pueblo. Y entonces le dijo a la señora Cramsky que yo no comprendía de qué estaba hablando y la señora Cramsky le dijo que sí comprendía y así permanecimos hasta que mi padre bajó con sus zapatillas de estar por casa, que por entonces se llamaban pantuflas, y llamó a la puerta y dijo enfurecido: no lo volváis tarumba con eso de quién sufrió más.

Otra perla de la memoria. ¿Estuvo mi padre realmente allí? ¿Esa historia significa algo? ¿Acaso es importante? La

---

* Sí, sí, Dios se fue a dormir.

he escrito cincuenta veces desde que fui marinero en el *Pan York* en 1949, cuando trajimos refugiados de Europa, cuando los buscamos por todos los agujeros de Italia y de Yugoslavia y cuando imploraban que los dejásemos subir al barco y ya no había sitio y ellos trepaban por las cuerdas para subir a la lata de sardinas que era el *Pan York*.

Una mañana estaba trabajando en cubierta, raspando la herrumbre con el mar agitado. Vi a un grupo subiendo de las profundidades infernales del barco para comer y hacer cola para ir al retrete. Permanecieron durante horas en la cola mientras el barco saltaba y vi a una mujer que sacó un pequeño espejo de juguete, que debía de haber comprado a un mercero en el vientre del barco, porque compraban y vendían incluso estando como sardinas enlatadas, echó la cabeza hacia atrás, se ahuecó el pelo, se lo onduló con un dedo y se sonrió a sí misma en el pequeño espejo y parecía contenta en medio de aquel infierno.

En Tel Aviv, por la noche, me acosté agotado. Tenía la capacidad de pensar en algo hasta que ese algo me envolvía por completo. No sabía realmente qué me estaba prohibido saber. Imaginé que mi padre se caía de un tejado y sentí el golpe y el dolor y sentí la muerte. Aquello era duro para mí y pensé que no era posible que los judíos no tuvieran un hogar. El año 1945 había sido el año intermedio, el año de la conexión, el año de en medio entre la destrucción y lo que por entonces parecía nuestro gran golpe en las batallas contra el destino judío. Habían pasado dos años desde el final de la guerra en Europa y las esperanzas habían aumentado. No sabíamos exactamente a qué aspiraban esas esperanzas, pero sentíamos que era bueno que las hubiese.

4

Durante la fiesta de Hanuká de 1946, la última antes de que estallara la guerra, hizo un invierno duro. Granizó mucho, sopló un fuerte viento, nevó en Jerusalén y en Hebrón y nosotros subimos a la fortaleza de Masada para tocar el Holocausto, que ya se había hecho real para nosotros. En el pasado, durante los años más duros para los judíos, sabíamos poco de él, estábamos ocupados sobre todo en la disputa entre los partidos políticos, entre Ahadut Haavodá y el Mapai, y no entendíamos lo que leíamos en los periódicos.

Subimos por el herido y serpenteante camino adornado de baches a Masada, sin ver nada porque la oscuridad se asentaba sobre la faz del abismo de Dios, y llegamos a la cima. La montaña estaba aterradora, craneal, cortada, desamparada, huérfana y herida y, arriba, plana y desolada. Un cielo negro se cernía sobre nosotros con sus millares de estrellas. Temblábamos de frío, nerviosos y en silencio. El mar Muerto brillaba con una luz pura que no procedía del sol, pues aún no había salido. Colocamos una piedra en la que grabamos «Si me olvido de ti, diáspora» y comentamos algo sobre cómo los alemanes habían aniquilado a los judíos. No conocíamos los detalles, al primo de mi padre me lo encontraría más tarde, y sobre los campos de concentración y de exterminio sabíamos muy poco. Un chico del Palmaj que nos acompañaba sacó una pistola y disparó al aire, el disparo impactó en el silencio y fue emocionante ver la bala de una pistola hebrea alcanzar a los enemigos de Israel.

Dejé a mis compañeros, que cayeron agotados y se durmieron en medio del penetrante frío del desierto, y caminé despacio. La oscuridad que había reinado allí durante toda la Gran Guerra se alejó y contemplé eufórico las hermosas luces que centelleaban a lo lejos: Hebrón, Belén, Beit Jala, sobre todo, pero también Jerusalén. La imagen multicolor en medio de la noche me emocionó, uno de mis compañeros estaba buscándome, no recuerdo cuál de ellos, y encontró a un gilipollas parado al borde del precipicio. Señalé las luces y le dije que era como aquella Navidad que había visto en el cine Migdalor en la película *¡Qué bello es vivir!*, con James Stewart, que por su bondad se veía obligado a sacrificarse por su familia, se sentía desesperado, lloraba por su vida perdida y desperdiciada, y llegaba a un puente sobre un río helado para entregarse a la muerte. Justo en ese momento llegaba Clarence, un ángel regordete que había sido enviado para ayudarlo, que estaba intentando ganarse las alas y debía hacer algo bueno para conseguirlas. Clarence saltaba al río y gritaba pidiendo ayuda y, al oírlo, Stewart saltaba tras él al agua helada y lo salvaba y el ángel proyectaba toda la vida de Stewart hacia atrás y Stewart veía cómo él había cambiado la vida de muchos y la buena influencia que había ejercido sobre ellos y lo poco egoísta que había sido y, entonces, se arrepentía de sus palabras, que hubiese sido mejor no haber nacido, y volvía a la realidad y todos aquellos a los que había ayudado llegaban a su casa con regalos y todo eso pasaba en Nochebuena, con el árbol brillando, las pequeñas luces colgadas de las ramas y el gran resplandor que caía al oírse el repicar de la campanilla que estaba sobre el abeto y la hija de Stewart decía que, cuando se oye un repicar, un ángel desdichado se había ganado sus alas.

Mi compañero se quedó atónito con la historia, que a su modo de ver era tan extraña a la Masada hebrea, a la errónea elección de la muerte, más pura que cualquier árbol o campanilla. Gritó: estás loco, Yoram, ¿qué tiene que ver Masada y el heroísmo de Israel con una mierda de película en el Migdalor? Y le dije algo, algo que tal vez tuviera alguna relación pero solo para una mente atrofiada como la mía. Masada estaba profundamente instalada en mí, me perturbaba, me ocupé obsesivamente de la gloria de la muerte y de la libertad, también del genocidio y del hecho de que un pueblo como este se acusara a sí mismo de genocidio. Mi madre estuvo entre los primeros que subieron a Masada tras publicarse el poema de Landan «Masada». Landan, que conoció los pogromos y pensó en la venganza del pueblo, escribió sobre una Masada que los judíos no querían ni mencionar, pues ellos idolatraban a Rabi Yohanán Ben Zakai, que escapó y bajó de la muralla en un ataúd, no sin antes ocuparse de que apestara a excrementos para asegurarse de que los romanos no lo abriesen, y pidió a los romanos que le entregasen Yavne y a sus sabios, sin decir que era para salvar el judaísmo, y los romanos creyeron que había traicionado a sus hermanos. Después ocurrió la gran masacre, el suicidio masivo tan odiado y aborrecido por los sabios de Israel, y solo el traidor Yosef Ben Matityahu, también conocido como Flavio Josefo, reescribió la historia de los judíos y perpetuó lo ocurrido en Masada.

Pero el conflicto judío-árabe creó la necesidad de héroes. Y como Rashi no podía ser un héroe para los jóvenes que querían conquistar Palestina, los suicidas de Masada se convirtieron en héroes. Los eretzisraelíes hicieron suyo el suicidio de las gentes de Masada, que prefirieron la muerte a la esclavitud, hicieron suyo a Eleazar Ben Yair y lo consideraron el artífice del mito sionista de muerte o conquista de la montaña. Estar en ese risco frente a la oscuridad iluminada sobre el desierto se convirtió en una experiencia mística para generaciones enteras.

Yo estaba allí y pensé que ese día era Hanuká, que los días largos estaban llegando a su fin y que el mundo encendía luces y oí una piedra precipitarse hacia el abismo y sentí que yo caía, tuve suerte de que mi compañero me agarrase y me lanzase hacia atrás y le dije que, si hubiera dado un pequeño paso más, me habría convertido en una piedra romana al pie de la montaña.

Y entonces volví a mirar las hermosas y potentes luces de las ciudades árabes y dije que si estás al borde del fin, como los poemas calificaban entonces nuestra situación nacional, eres como los judíos que ven el paraíso cuando están ante el final. Y entonces un chico llamado Nehemiah llegó corriendo para que ayudásemos a su compañero del Palmaj, que había sido herido por una bala perdida que había salido disparada de la pistola que llevaba oculta en el bolsillo de los pantalones porque deseaba a una chica que no podía conseguir. Y uno de los instructores corrió diez kilómetros hacia el kibutz Bet Haaravá para traer vendas y nosotros nos quedamos presionando la mano del chico herido para detener la hemorragia y solo unas cinco horas después llegó el instructor con un enfermero. Bajamos al mar Muerto y vimos un pelotón de soldados británicos esperando allí, no resultó fácil descender, nos dirigimos hacia el sur y, a través de la lengua de tierra, llegamos a la parte jordana, las montañas se agrandaron sobre nosotros y nadamos de espaldas y con las mochilas brotando sobre nuestras tripas como flores gordas, no podíamos hundirnos pero sí nos quemamos con el agua salada. Sobre nosotros se extendían las montañas de Moab y había picos dentados de piedra oscura en la oscuridad de abajo y un murciélago y atravesó el cielo un buitre y nos reímos, no creíamos que realmente pudiéramos tumbarnos en el agua sin hundirnos. A mi lado nadaba una chica, ya no recuerdo quién era, me tendió la mano, era muy poco habitual que una chica te tendiera la mano. Miré las montañas, la luz del amanecer empezaba a surgir por detrás y el desierto lo ensombreció todo hasta convertirlo en una almohada de belleza que por alguna razón me pareció triste y tal vez inútil ahí, con la luz que despuntaba sobre aquella oscuridad, y agarré su mano y miré hacia ella, ella no me miró pero sentí el calor penetrando en mi interior y me puse caliente. No comprendía exactamente qué era aquella terrible expresión «borde del fin», acuñada por Natán Alterman, que si estás en él ves el paraíso pero también su contrario.

Después regresamos a Tel Aviv y nos fuimos a nuestras casas y mi madre lloró porque había oído que casi me caigo de Masada. Estaba un poco enamorado de la chica que me había tendido la mano, pero, cuando por fin comprendí que la quería, ella ya se había enamorado de otro. En Tel Aviv nos bañábamos en el mar, nos entrenábamos con luchas cuerpo a cuerpo junto al Yarkón, nos golpeábamos unos a otros en el jardín Hadassah y nadábamos en la piscina redonda, bailábamos la *horá* y la *krakowiak* y hablábamos de la libertad de inmigración, del conflicto con los británicos, de la preparación agrícola y la realización personal y teníamos profundas conversaciones sobre el destino judío al que debíamos oponernos y contra el que teníamos que rebelarnos, como decía el pobre profesor Gedalyahu Ben Horin, que quería rebelarse contra la pérfida Albión. Queríamos rebelarnos sin comprender del todo contra qué nos rebelábamos exactamente. Leíamos *El papel del individuo en la historia* de Plejánov. Discutíamos si la historia crea a los dirigentes o al contrario. Leímos *Rudin* de Turguénev y organizamos un gran juicio en el que hice de defensor del nihilismo frente a los sueños y las tendencias liberales de la época de Turguénev. Tal vez gané, aunque supongo que de hecho perdí, porque quién quería ya por aquel entonces una revolución nihilista en vez de un reino hebreo laico o, mejor dicho, una revolución sionista socialista.

Cantamos «El padre de Katz, / la madre de Katz, / *yama yama shurba*» y «Ella tiene una pierna atornillada y la cabeza clavada / y por la noche en la pared la deja colgada». A todos les gustaba venir a mi casa para ver desde la terraza a la señorita Gross afeitándose en la terraza de al lado y observando el mar con prismáticos para ver Berlín. Ella sonreía y decía: qué suerte tenéis, sois *sabras*, y le decíamos que no teníamos espinas, y ella se reía y decía: pero yo sí, y veíamos cómo le brotaban las espinas en las mejillas. Y leíamos una y otra vez *La reserva del general Panfilov*, que se convirtió en nuestra Biblia, y *Recuerdos de la casa de David*, sobre las penalidades de la diáspora y las maravillas de los judíos de Sefarad, y yo recitaba a Ibn Ezra, algo que encandilaba a las chicas: «Estoy prisionero con un hombre / que subió sin quebranto, / me mató sin espada, / me dio muerte sin palabras. / ¿Y qué haré si viene Sisara / y no está Yael, la mujer de Jeber? / Rápido, apresúrate a hacerle / lo que Abraham a Shemeber».*

---

* Los últimos versos hacen referencia a Jueces 5 y Génesis 14.

5

Un hermoso día de octubre de 1947 el mar estaba liso como el mármol y unos cuantos amigos fuimos al bar americano de la plaza Herbert Samuel a tomar un helado Special Sundae. De pronto nos dispararon desde la zona de la mezquita Hassan Bek. La gente que se encontraba en el bar americano estaba alarmada y yo intenté ver de dónde provenían los disparos, al parecer mis amigos se habían ido y yo me quedé de pie junto a algo que hoy en día es el edificio de la Ópera, entonces volvieron a oírse disparos y vi una ventana haciéndose pedazos al tiempo que un hombre corría desde el barrio de Manshiyah. Un policía hebreo que vio al hombre aterrado gritó: ese es el árabe que ha disparado. Y entonces corrió a ocultarse en un portal junto a la tienda de fotografía de mi tío Henio, que llevaba veinte años fotografiando a idiotas que querían salir guapos sobre un fondo de junglas de papel, aunque también llevaba veinte años fotografiando, por placer, puestas de sol en la misma playa y a la misma hora, pero ninguna de ellas se ha conservado.

El árabe se quedó clavado en el sitio y atrapado por

una mujer gigantesca con el pelo alborotado que tiró al suelo un cucurucho de helado casi lleno para poder moverse libremente, le escupió y le gritó en rumano que ya nunca más volvería a disparar desde Hassan Bek. Volvió a gritar también en alemán para que lo entendiese mejor. Yo quise ayudarlo. Él imploró, lloró y dijo en hebreo que no había sido él quien había disparado y que había llegado hasta allí por error y yo le creí, parecía desdichado y confuso, pero ellos no quisieron creerlo. Habían atrapado a un auténtico enemigo. Llegaron más personas que tiraron los helados a la acera y empezaron a golpear al árabe y a patearlo. Él aullaba y ellos le pegaban por todo lo que les había hecho en la diáspora, intenté tumbarme encima de él para protegerlo y sentí cómo temblaba y tiritaba y le salía sangre de la nariz y yo recibí golpes e insultos incluso del policía hebreo que había salido de su escondite y se había acercado. Me apartó gritando que dejase al maldito árabe porque ese árabe iba a matarme y que ellos nacían para matarnos y le dije que no había visto que fuera a matarme y el policía me abofeteó y gritó: ¿es que no has visto a los que han caído muertos aquí?, ¿qué clase de gilipollas eres? Siguieron con la paliza y se rieron de mí porque le chupaba el culo al árabe, pero no cedí. Oí los estertores del árabe y por primera vez en mi vida vi cómo alguien moría. Vi cómo la vida salía de la boca y de los ojos del árabe, que se volvieron oscuros, unos ojos que ya no veían nada, y cómo acababan los estertores y se convertía en un muerto.

Me fui a casa. Empapado con la sangre del primer hombre muerto que había visto, un pobre árabe que parecía desdichado pero también un pequeño triunfador. Después maté a no pocos árabes y vi más sangre en la guerra, pero aquel fue el primer muerto y lo mataron por nada. Seguro que pensaron que estaban golpeando a Amalek. Se hubiera podido llenar el lago de Kinneret con la sangre de aquel árabe. Volví a casa humillado. Mi madre Sara me cuidó y se compadeció de mí, y mi padre Moshé dijo: aquí todo es salvaje, así es Palestina. Salí a la terraza. Un barco se balanceaba hacia el puerto de Tel Aviv. Del descampado de abajo llegó un olor a hoguera. La imagen del primo de mi padre se mezcló con la del árabe muerto y me provocó dolor o, más que dolor, pena. Me convertí en tierra fértil para los sermones de Aviva, una chica de mi clase, que me convenció para que dejase Hamajanot Haolim y me uniese a otro movimiento juvenil, Hashomer Hatzair, por la idea del Estado binacional que abanderaba y para evitar que ocurrieran cosas como la que le había contado sobre el árabe muerto.

Una de las veces que nos dirigíamos a casa desde el instituto Tijón Jadash, en la calle Hayarkón, nos encontramos con un amigo a quien le gustaba Aviva y que intentaba acercarse a ella a través de mí. Era un chico alto llamado Nahum. Tenía algo que yo nunca he tenido, algo relacionado con las raíces, con la tierra, algo auténtico, oscuro y pobre, no era arrogante, no gritaba, no lanzaba proclamas políticas y odiaba el sentimentalismo, pero cuando todos estábamos estudiando en el instituto, él trabajaba en el puerto para mantener a su familia.

Un día me invitó al puerto. Todo estaba cerrado. Alambradas. Faroles apagados de día. Soldados británicos vigilando. Ametralladoras apuntando en todas direcciones. Me consiguió un pase y fui cacheado a conciencia por un policía inglés fornido y de baja estatura, luego subí con Nahum a uno de los remolcadores que llevaban las barcazas cargadas con bultos y pasajeros desde los barcos hasta el embarcadero y viceversa. Era la primera vez en mi vida que salía al extranjero. Flotaba un olor raro. Trepamos por la rampa del carguero hasta la cubierta. Allí reinaba una atmósfera que no conocía. Olores que no comprendía. Hombres con gorras extrañas que iban de un lado a otro, algunos eran oscuros y llevaban gruesos abrigos. La niebla lo cubría todo y se oían sonidos de idiomas extranjeros. Un hombre bastante joven, tal vez francés, me ofreció un paquete de Craven A y al instante me encendió el cigarro que yo había sacado con una mano, luego se acercó la larga cerilla a la boca para apagarla. Sonrió y dijo en inglés, un idioma que yo apenas hablaba, es bueno para ti, eso dijo. Estaba inquieto por algo, quizá fuera la primera vez en mi vida que tuve una sensación de libertad. Ahí estaba el mar, pero era un mar distinto. Infinito por tres lados y, por el cuarto, mi casa, inmersa en la niebla e invisible. Era un mar completo, sin límites, sin distancias, sin hamacas, sin juegos de palas, sin helados, sin tablas de surf y sin gaseosa. Lo olí. Conocía el olor desde nuestra terraza, pero aquel mar desprendía un aroma a poderío, a todo está permitido. Después le dije a mi padre: he estado fuera de tu tierra, y él se rio, pero más allá de la risa, me comprendió y dijo: es terrible que no permitan venir a los judíos pero todo irá bien. Era extraño oír a alguien decir que todo iría bien, y más a mi padre Moshé. Toda mi vida hasta entonces se había movido entre irá mal e irá aún peor.

En la cubierta, entre los marineros y los estibadores, añoré algún lugar lejano donde todo fuera bien y en el que nunca había estado. Recordé que en 1938, en tercer curso, escribíamos cartas a Alemania: «Querido niño judío: te escribe Yoram K. del colegio Ledugmá de Tel Aviv. Huye enseguida y ven a Eretz Israel, porque si no morirás sin remedio». No escribía simplemente «morirás» sino «morirás sin remedio», pues el niño alemán sabía la diferencia. Recogían las cartas en sacos y las enviaban a Alemania y a Austria. Estábamos en el nuevo puerto de Tel Aviv, con mosquitos zancudos, con moscas, con estibadores de Salónica que maldecían y gritaban, y los pálidos inmigrantes alemanes y austriacos, a cuyos hijos tal vez habíamos escrito que morirían sin remedio si no venían, bajaban avergonzados por la rampa del barco hacia los remolcadores motorizados, con cuidado porque se movían mucho. Así llegamos al muelle, hombres momificados con trajes y mujeres con pieles de zorro alrededor del cuello que temían el ardiente sol, también vi un equipo de esquí. Sudaban en las barcazas y nosotros, con pantalones cortos y camisetas blancas, cantábamos: «Zarpan lejos las naves, / mil manos descargan y construyen. / Nosotros conquistamos la costa y las olas, / nosotros construimos aquí un puerto» y luego recitábamos: «Oh eh, ¿quién va? / ¡Una nave con chimenea! / ¿De dónde vienes, nave? / ¿Y qué nos traes? / Vengo de lejos. / ¡Allí esperan los judíos / con mochila y con bastón / emigrar a Eretz Israel!».

Seguramente pensaron que una *troupe* de payasos tan

pequeños como burbujas de aire había llegado de visita desde los confines de África. Nos veían chillando con los pantalones cortos, con los gorros de tela, con las bastas sandalias del mercado del Carmel y debían de pensar: ¡asiáticos! Nos miraban con desprecio porque venían de Europa, que ya no era suya aunque ellos no lo sabían. Venían de la cultura de mi padre, se habían empapado de la música de Cimarosa y de los frescos de Cimabue, y yo pensé en esa Europa que ya había empezado a expulsarlos y en ellos, que tan solo una semana antes de llegar a Tel Aviv seguramente habían arribado a Trieste o a algún otro puerto y habían viajado en condiciones no muy buenas y se habían topado con el desastre eretzisraelí que para nosotros era el mundo entero.

Un maestro cansado y doliente del destino de la nación, como se definía a sí mismo el maestro Blich, nos llevó a esperar a los judíos. Cuando los vimos llegar, nos pusimos a gritar, qué bien que hayan venido a Eretz Israel, y eso que los viernes representábamos obras sobre el gueto y nos pegábamos barbas de paja pintada y nos poníamos plastilina en la nariz para parecer judíos como los que vendían arenques, se sonaban la nariz haciendo ruido y hablaban yiddish. Solo algunos de nosotros sabían yiddish y casi todos en cuyas casas se hablaba yiddish hacían como que no lo entendían. Nosotros éramos hijos de pioneros, trabajadores hebreos, los hebreos hablan hebreo; iríamos a los kibutz, seríamos Sheikh Abrek, someteríamos el desierto, construiríamos y seríamos construidos en esta tierra. Golpearíamos a los que conspiraban contra nosotros, expulsaríamos a los británicos. Seríamos héroes. Recitamos las palabras de Brenner, «Afortunado aquel que muere con ese conocimiento y con Tel Jai a su cabecera».* Pero no estaríamos encogidos de miedo ni seríamos feos como los judíos, eso es lo que decíamos los niños bobos que éramos.

Entonces, ¿quiénes eran judíos? ¿Los que llegaron en 1938 al puerto y les gritamos dándoles la bienvenida? ¿Los que no se fijaron en nosotros? En aquellos días recitábamos con emoción el poema de Avigdor Hameiri, «En un papel blanco como la nieve / ha llegado una carta de la diáspora. / Escribe una madre con lágrimas en los ojos: "A mi buen hijo en Jerusalén: / tu padre ha muerto, tu madre está enferma... / Ven a casa, hijo querido...". Y la respuesta: "En un papel normal, gris como la ceniza, / va una carta a la diáspora. / Escribe un pionero, con lágrimas en los ojos, Jerusalén, 1929: / Perdóname, madre enferma, / ¡no regresaré a la diáspora! / Si me amas, / ven aquí y abrázame. / ¡No seré más un errante! / No me moveré de aquí jamás..."».

En 1939 ya había sido expulsado el alto comisionado Wauchope, los ingleses habían detenido la inmigración y los árabes habían vencido en los ataques lanzados contra la inmigración judía, de modo que los refugiados judíos ya no podían venir y, aunque intentaban llegar, la mayoría se ahogaba por el camino y solo unos pocos lo lograban.

---

* Se refiere a las palabras que pronunció Brenner en el funeral de Yosef Trumpeldor y sus compañeros, que cayeron en 1920 en Tel Jai, y que responden a la famosa frase de Trumpeldor antes de morir: «Está bien morir por nuestra tierra».

6

En plena guerra volví de hablar con mi comandante en Kiryat Anavim y me fui a dormir. Antes comí pan duro con malvas. El pan estaba envuelto en hojas de parra y alguien dijo que succionaba de dolor porque estaba herido o que quizá simplemente tenía sed. Un hombre vino a despertarme y a llamarme para subir con algunos muchachos a El Qastel. Dijo que por la noche se había librado una dura batalla y habían tomado El Qastel y que los muchachos que lo habían hecho estaban cansados y había que reemplazarlos. Subimos a la montaña y vimos bajar a nuestros compañeros. Parecían cansados y caminaban flotando como una procesión de muertos. Como balanceándose caminaban. Uno de ellos, que me conocía, se acercó y me dijo: escucha, no subas allí, es una mierda de sitio. Dije que debía subir. Apretó una especie de gasa pringosa sobre la herida que tenía en la mano y dijo sonriendo: ¿sabes por qué esto se llama gasa? Porque es de Gaza. Le pregunté si era porque un día encontraron gasa en Gaza y él me acarició el rostro, se rio y dijo: en la época de los romanos o más tarde, no recuerdo exactamente cuándo, yo era un niño, había en

Gaza el mejor algodón de esta tierra y abrieron una fábrica de gasas.

El comandante le dio una patada para que avanzase y gritamos *ahlan*,* que era lo contrario de lo que tendríamos que haber dicho, y corrimos hacia arriba hasta la casa grande situada en la cima de la montaña. El comandante de mi sección, Kushi, ni siquiera hoy sé cuál era su verdadero nombre, subió por otro camino y, cuando llegamos, ya estaba esperándonos allí. Dijo que habíamos subido para proteger la cima, que si veíamos algo moverse había que dar la voz de alarma y, si era necesario, disparar, y así mismo había que vigilar a los soldados de Jerusalén, porque aún no habían visto fuego real y tal vez huirían. Fuimos hacia una bonita casa de piedra situada a la sombra de unos frondosos árboles y nos sentamos. Dos se pusieron a jugar a las cartas. Contemplé el paisaje. Allí estaban aquellos bellos pájaros que tejían arabescos en el cielo. Se oían sus trinos. Aún hoy, con la turbiedad del olvido, puedo oírlos cantar.

No vimos nada sospechoso enfrente y de pronto llegó mi amigo Alias-Ari y dijo que había encontrado hachís abajo, en el pueblo, que lo había metido en un saco y que bajaría por la tarde a Kiryat Anavim, cogería el saco y regresaría y que no lo delatase, porque obtendría mucho dinero del hachís. Kushi lo vio y, como sabía lo valiente que era, le ordenó bajar enseguida para transmitir un mensaje, también quería vérselas con él, pero en ese momento a dos jerosolimitanos les dio un ataque de pánico y gritaron que querían volver a casa y tuvi-

---

* «Hola» en árabe.

mos que hablar con ellos. Rogaron que se les permitiera escapar de allí. Les dije que era imposible. Tras un rato de gemidos, lo reconsideraron, se calmaron y se quedaron dormidos. Tras una pequeña cabezada comí un poco de pan que habíamos encontrado en el pueblo, unas aceitunas que sabían de maravilla y unas pocas algarrobas con las que hicimos té. Al amanecer, Alias-Ari regresó resplandeciente y dijo que de camino a Kiryat Anavim, en la puta carretera, se había encontrado con un jerosolimitano que no había sido reclutado, y que enseguida comprendió que era un cazador de gangas, porque conocía tipos así, y efectivamente, cuando oyó que tenía hachís, sacó dinero, se lo dio y bajó corriendo a la casa Fefferman. Alias-Ari quiso darme algunas libras en señal de amistad, pero le dije que en la guerra estás muerto o loco y que un loco no necesita dinero.

De pronto oímos un grito, ¡fuego! Y un instante después, ¡ay! Alguien gritó: he esquivado dos balas. Realmente las había esquivado, lo comprobamos, una le había pasado a un milímetro de la oreja derecha y la otra a un milímetro de la izquierda y solo tenía unos rasguños. Nos reímos y entonces, milagrosamente, me entró una bala cerca del ojo, dolía mucho, quemaba, la bala debió de entrar en la bolsa de piel que sujeta el ojo, entonces el ojo cayó y lo sujeté con la mano y, como la bala debía de haber perdido fuerza, solo me hizo un rasguño, y el ojo que sujetaba permaneció entero y volví a meterlo en su cuenca, luego un enfermero me vendó.

Los disparos se intensificaron, dijimos que el tipo que tenía dos arañazos junto a las orejas oiría mejor y que yo vería mejor, y entonces se oyó un rugido. Después se oyó algo semejante a un mar arrastrándose y poco a poco el murmullo se convirtió en el estruendo enfurecido de Dios. Una multitud tan numerosa como la langosta devorando la tierra trepaba rápidamente. Las kefias rojas y negras subían con furia, brincaban sobre las rocas. Había cientos de hombres que saltaban desde la zona meridional de la montaña. No sabíamos de dónde había salido aquel gran ejército ni dónde se había ocultado antes, y era aterrador verlo avanzar como monos trepando a los árboles y disparar.

Por un instante, Kushi se quedó tan desconcertado como yo y a Hayim K. le entró un ataque de pánico y echó a correr como un loco hacia la Tumba del Sheikh en la ladera de la montaña en dirección a la carretera y le dispararon pero no le dieron, y Kushi envió a un soldado a la comandancia para transmitir un mensaje y empezamos a disparar sin ton ni son a los atacantes que apenas veíamos. Ellos gritaban *Aleihum, Allahu Akbar y al-yahud besuramiyyeh*, que quiere decir «el judío en la suela del zapato», y Kushi se rio. Pensé que no saldríamos de aquel infierno. Alguien empezó a cantar «Bésame mucho»* en árabe: «*El bi majruf...*» y así comprendimos que había llegado nuestro fin.

Éramos unos diez luchadores cansados junto a la casa del mujtar rodeada de olivos y la multitud atacaba por todas partes corriendo y eran cientos y nosotros les disparábamos y de algún modo conseguíamos no dormirnos entre los disparos, y yo distinguí una espléndida kefia sujeta con un cordón dorado y debajo un hombre

---

* En español en el original.

adornado con una espada y Moshé gritó: mirad a ese, ¡todo un Rodolfo Valentino! Y ese Buck Jones con kefia gritó en inglés: *hello boys*, y no logramos comprender por qué nos gritaba en inglés, y sus compañeros nos disparaban y saltaban y Moshé alcanzó a Valentino justo cuando este comprendió su error y estaba sacando una pistola para dispararnos y entonces empezó el estruendo de Dios. Algunos de los nuestros fueron heridos, el tiempo se detuvo, mucho fuego.

Todavía no comprendo por qué no tomaron el pueblo. Eran muchos. Estaban despiertos. Debieron de haber pasado toda la noche tomando café. A nosotros nos quedaban pocas municiones, pero al cabo de un rato se oyó un gritó por el radiotransmisor, ya vamos.

Mientras estábamos disparando, llegó a la carrera un grupo de trece muchachos capitaneado por Nahum Arieli. Subían corriendo en medio del fuego. El segundo de Nahum nos ordenó retirarnos y gritó: «¡Soldados, retirada! ¡Los oficiales cubrirán la retirada!». Las rocas gritaron de dolor. Las algarrobas cayeron. Los higos cayeron. A Simón Alfasi, que gritó soldados, retirada, los oficiales cubrirán la retirada, no lo olvidaré en toda mi vida. Los mejores oficiales de la brigada, a quienes les dijeron que algún día serían presidentes de algún Estado o generales, fueron a defender a siete u ocho soldados rasos que seguían con vida, a unos apocados que se retiraban a la primera orden.

Los oficiales capitaneados por Nahum Arieli se colocaron formando un pasillo a lo largo del camino, entre las casas calcinadas y bajo un fuego infernal, y nosotros pasamos por en medio como si nos fuésemos a casar. Uno a uno fueron cayendo y los que seguían en pie continuaron cubriéndonos al tiempo que disparaban a los atacantes y también morían. Con un ojo los veía protegiéndome mientras caían como fichas de dominó y yo quería disparar pero no tenía muni-ciones.

La multitud negra llegó a lo alto de la montaña junto a la casa del mujtar y, antes de terminar de tomar la montaña y de matar a los oficiales y a nosotros, ya habían empezado a ultrajar los cadáveres. No todos estaban completamente muertos y ellos empezaron a degollar a los heridos ensangrentados con cuchillos y nosotros corríamos hacia abajo, sin detenernos, intentábamos disparar a los degolladores, pero no podíamos, tampoco los demás tenían municiones, y llegamos abajo, a la Tumba del Sheikh, junto a la carretera de Jerusalén. También nos disparaban desde Qalunya, que estaba al otro lado de la carretera, pero de pronto vimos que todos se detenían. Reinó un gran silencio. Estaban sobre los cadáveres que habían ultrajado y empezaban a lanzar lamentos. Estaban sobre las filas de muertos, gritando y moviéndose como bailarines borrachos, y en vez de conquistar la montaña que ya estaba en su poder, de repente se llenaron de una terrible pena, no comprendíamos lo que les ocurría, vimos a nuestros defensores ser atravesados por las dagas, desangrarse y morir, y los árabes en su gran victoria huían entre los cadáveres.

Nosotros ya habíamos bajado de la montaña desierta, no teníamos idea de qué hacer, nos lloraban los ojos por el fuego y nos arrastrábamos, luego llegamos a Kiryat Anavim y uno de los oficiales echó un vistazo a los papeles que uno de nosotros había sacado del bolsillo de aquel Valentino con kefia y cordón dorado y dijo, palabra de honor, que era Abdel Kader al-Husseini. Aquel hombre tan elegante era el legendario comandante de las fuerzas árabes de la zona ya en los años treinta y era el primo del Mufti. Por tanto, inmersos en un gran dolor por la muerte de aquel hombre, en vez de conquistar la montaña que ya estaba en su poder, regresaron a Jerusalén a acompañar a su comandante a su descanso eterno en un funeral regio en el que participaron miles de personas.

Tal vez aquel momento, cuando todos íbamos a ser asesinados y a perder la atalaya más importante en el camino de Jerusalén, en la guerra que Beni Marshak llamó la guerra por los seis metros de la carretera que conduce a la ciudad, fue el que cambió el curso de la guerra. Comprendimos que no se abandona un pueblo conquistado de gran valor estratégico y algunos muchachos de nuestro batallón subieron rápidamente a la montaña y volaron algunas de las casas. Y ahora solo queda el pueblo de Qalunya, el más bonito de los pueblos de Palestina y el más cruel de todos, el pueblo que dominaba siete curvas de la carretera, donde perdimos combatientes y muchos convoyes de escolta. Se decidió entonces, sin pensarlo mucho, que había que dejar un pelotón para defender El Qastel. Ese fue el segundo pueblo, después de nuestra ridícula victoria en Cesarea, que conquistaríamos en la guerra y haríamos nuestro.

7

Pasado un tiempo me senté junto a un pozo en un pueblo. Tal vez fuera Bet Tzurif. No lo recuerdo. Bebí agua fresca de un botijo y comí tréboles sin poder deshacerme de la imagen de los cuerpos degollados. Pensé ¿para qué fueron allí? ¿Veintitrés de los mejores fueron a salvar a unos cuantos? Seis, siete, quizá ocho. Quién entenderá alguna vez lo que ocurrió realmente en aquel valle tenebroso, y pensé, recuerdo cómo de repente pensé, tal vez por primera o segunda vez en toda aquella guerra: por qué fueron veintitrés hombres a defender a seis, por qué veintitrés que eran los mejores cazando, mucho mejores que yo fundando Estados, mejores que todos mis apocados compañeros, pues ¿quiénes éramos nosotros?, ¿acaso teníamos futuro? Aquellos muertos tenían futuro. Podrían haber sido violinistas. Pintores. Científicos. Militares de alto rango. ¿Quién de nosotros será algo en ese futuro que les fue arrebatado?

Subieron veintitrés hombres, cada uno de ellos una leyenda viva, que ya habían obrado con honor, que ya habían demostrado quiénes eran, con Nahum Arieli a la cabeza, impresionante, buen cantante, atractivo, y él fue a defenderme, el noble fue a defender al payaso apocado que era yo, y pensé qué ocurrirá mañana, pasado, se hablará de eso como de un estímulo, se dirá: mirad cómo el Palmaj protege a sus hombres. Hoy sé que de aquella operación nació la leyenda del «Sígueme», el sígueme por el que fueron asesinados los mejores, ¿mereció la pena?, ¿fue inteligente?, ¿acaso alguien más inteligente, más razonable y adulto que yo tenía que cubrirme en el pasillo de la muerte, lanzarse a morir, morir ante mis ojos, ser degollado solo para que yo, que era un niño mimado, permaneciese con vida? ¿Qué vida se puede vivir después de toda esa historia?

Al final, si vencíamos y se fundaba el Estado de Beni Marshak, de Ben Gurión y de la banda de música Chizbatron, estarían allí todos aquellos que no lucharon por su creación, que no se ofrecieron voluntarios, y ellos serían la sal de la tierra, el azúcar de la tierra, el caramelo de la tierra, el dulce de la tierra, la chumbera que se convertiría en el chocolate amargo Liber. Mientras que nosotros, los impuros, nos convertiríamos en flores de la tierra de Israel que no arraigarían porque alguien más grande murió por ellos. Cómo iba a vivir yo con toda la sangre que se derramó para que yo no muriera, me pregunté. Tal vez lo pensé un poco después, cuando ya había sido herido y descansaba en la pensión Bickel en la Jerusalén sitiada, golpeada, enferma, sedienta y hambrienta.

Entonces pude pensar que sin Nahum Arieli y sus compañeros no se fundaría el Estado, que con ellos se había destruido la fuerza que debería habernos seguido en la batalla. Y ahora, cuando escribo esto siendo un anciano enfermo, creo que el «Sígueme» fue maravilloso y noble, pero erróneo. No debería haberse creado un mito del «Sígueme» sobre El Qastel. Los buenos siempre valen más. Ellos podrían haber aportado algo que yo jamás podré aportar. Nahum Arieli habría sido jefe del Estado Mayor o ministro de Defensa, y yo me quedé como un miembro desarraigado, escondido en mi casa y escribiendo lo que no fui y en lo que no me convertí, escribiendo mi vida comparándola con la de Nahum Arieli y la de Simón Alfasi, el héroe entre los hombres, quien acuñó esa terrible frase, «¡Soldados, retirada! ¡Los oficiales cubrirán la retirada!», y murió. Y murieron todos, hasta el último de ellos.

No sé. Quedé con vida. Me dispararon. Fallaron. No fallaron, pero mi vida es tan banal como una piltrafa. El «Sígueme» se convirtió en el error más horrendo y más noble de aquella terrible guerra tan difícil de explicar hoy día. Qué es una guerra sin carros de combate, sin aviones, solo con algunos pequeños Primus* destartalados moviéndose en el cielo, sin armas, sin comida, sin agua, sin cañones, sin ropa de repuesto, sin nada, en una Jerusalén sitiada, golpeada, con proyectiles cayendo constantemente y gente muriendo en la cola para el agua y el queroseno. ¿Cómo explicar hoy a los jóvenes soldados que morirán en otras guerras, con equipamiento e instrucción, qué es el espíritu del Palmaj? ¿Qué es el espíritu del hombre? ¿Qué es una visión? ¿Qué es soñar? ¿En qué se sueña? No lo sé. Tal vez todo fue en vano.

Después de regresar medio muerto y de que el país se llenara de supervivientes del Holocausto, a quienes los

---

* Nombre que se daba a los aviones Auster, por el ruido que hacían sus motores, semejante al de los hornillos Primus.

más graciosos llamaban «jabones», que eran mil veces más fuertes que nosotros, comprendí que había merecido la pena, pero aun así, ¿cómo podía explicar a un joven del barco *Pan York*, un joven que a los doce años, en Auschwitz, buscó diamantes en el recto de sus padres muertos para vendérselos a los hombres de la SS, lo que ocurrió en El Qastel? El Qastel era un bonito cuento para niños en comparación con lo poco que aquel chico me contó para después guardar silencio durante sesenta años.

Un día, hace muchos años, iba casualmente por la calle Allenby, pasé junto a lo que en el pasado era el cine Allenby y de pronto se detuvo delante de mí un hombre de cabello canoso, muy delgado, que llevaba de la mano a una niña, tal vez su nieta, muy guapa, delicada, asustada ante aquel extraño en mitad de una calle bulliciosa, y tras él iba su mujer, entonces me clavó una mirada de asombro y yo: seguro que lo conozco, pero ¿de dónde? Él me dice: eres Yoram, y yo digo: sí, y él dice: ¿no te acuerdas de mí?, y se echa a reír, yo me río con él y de pronto lo reconozco, sus ojos se me habían quedado grabados detrás de todas las capas de cebolla con las que cada uno se oculta. Comenzamos a hablar, unas cuantas frases, le dije algo, estaba nervioso, él también, y de pronto no había más palabras. Su vida y la mía no habían continuado siendo las mismas. Teníamos un recuerdo de un día en el barco, cuando él era un chico joven, con cicatrices y enfadado, que había vendido los diamantes de sus padres muertos a los hombres de la SS, y ahora era un hombre adulto que me presentaba a su mujer y a su hija o su nieta, no lo recuerdo. Nos quedamos mudos unos instantes y nos separamos porque no teníamos nada que decirnos, los recuerdos intercambiaban miradas y frases, pero no teníamos palabras con las que hablar.

8

Cuando aún estaba en el instituto, en 1946, entre una clase de matemáticas y otra de historia, fui a la playa Frishman para pensar frente al mar, que siempre me ha lubricado los engranajes del cerebro. Tenía grabada la imagen de aquel hombre que había ido a ver a mi padre, con su semblante de payaso pisoteado, así como la sangre y el último aliento del árabe que imploraba por su vida, pues había llegado a ver cómo su alma le abandonaba, y pensé que tal vez con la ropa apropiada yo tendría el mismo aspecto.

Me senté a fumar, soplaba una brisa estimulante, un aire puro y profundo penetró en mí. Del hotel Keta Dan salió una señora alta, fantástica, con un vestido de seda y una pamela de paja y me sonrió. Yo también le sonreí. Dijo que conocía a mi tío Yosef, el hombre más guapo del país, y me previno contra la belleza, la belleza es algo letal, la gente teme a la belleza, quiere vengarse de ella. Era muy bella, tenía un rostro alargado y noble como de un cuadro de Botticelli. Saqué un cigarro Players de la cajetilla de diez que había comprado antes en el quiosco de la calle Ben Yehuda y la mujer, que olía a maquillaje en polvo y a una deliciosa agua de colonia, se inclinó hacia mí, yo le llegaba hasta el pecho, encendió mi cigarro con un mechero dorado, me miró y dijo: realmente eres un joven tan encantador como lo era tu tío Yosef, tienes un cabello fuerte, ten cuidado. Y entonces llegó un taxi negro en cuya matrícula había un número verde de tres cifras, 333, me gustó que fuera el 333, y con una pirueta, aquella esbelta y magnífica gigante entró en el taxi y desapareció para siempre. Seguí fumando frente a las olas en la playa Frishman y pensé en segunda persona. Yoram, ¿qué estás haciendo aquí exactamente? ¿Quién yace allí muerto con mi padre, ambos manchados de sangre?

En julio, el barco *Exodus* pasó por la costa y oímos en la radio de la Haganá el discurso del comandante y el país se llenó de rumores. El barco fue expulsado a Alemania y llegaron delegados de Naciones Unidas que hicieron un llamamiento para fundar dos Estados en Palestina, y Eretz Israel estalló en júbilo. Los árboles se alegraron. Los postes eléctricos se alegraron. Los barreños en las azoteas se alegraron. Y cuando llegó noviembre, todos salieron a la calle o se agruparon alrededor del que tenía un aparato de radio y rieron, felices como jamás habían estado ni estarían nunca más, y contaron con emoción, con firmeza, con ansia, con fe, con miedo, los votos de la ONU. Al otro lado de las ventanas abiertas, en los cafés, en las zapaterías, en las panaderías, todos gritaban las cifras como si fuese una oración. Miles de personas cantaron juntas, 1, 2, 3, 4... y entonces llegó el alborozo. Era el fin de dos mil años de exilio, de miedo y de humillación. Bailamos en las calles. Bailamos lo que años después dirían que fue el comienzo de la Nakba, la catástrofe. Dirían que trajimos la Nakba para expulsar a los árabes. En Dizengoff esquina con Frishman había un descampado, frente a una zona donde con el tiempo se erigiría el teatro Hacameri que ahora es el teatro Bet Lessin, y llevaron allí leña para una hoguera y los dueños de los cafés llevaron bebidas y continuamos bailando toda la noche, y al amanecer del día siguiente empezó la guerra.

Comenzaron los disparos sobre el transporte interurbano. Ya hubo muertos y heridos. Las unidades de reserva del Palmaj tuvieron que reincorporarse al servicio y una mañana, en la esquina de Ruppin con la avenida del Keren Kayemet, oí una conversación entre dos jóvenes. Uno dijo: esta mañana le he dicho a mi padre que me he reincorporado al Palmaj y me ha dicho que cuando quieres mear, quiere la tripa, quieren los ojos, quieren las manos, pero al final lo que mea es la polla.

Me marché de allí y por la noche fui a ver a Tony, la directora del colegio, cuyo novio, Gustav, en Europa era un gran experto en Fichte y en Schilling, eso se decía, pero aquí barría la calle Dizengoff con una gran escoba, mientras Tony corría tras él con bocadillos para que comiese, y a mí me enseñaba filosofía. Tony me vio acercarme, pero toda su atención estaba puesta en Gustav. Se subió a la acera, se detuvo frente a él, le llegaba hasta el cinturón sujeto con un clavo que había encontrado en la calle, un bocadillo de pollo con mayonesa voló de su mano, un perro ladró, ella llamó a Gustav *Liebchen* y el delicado gigante se inclinó y la besó, qué belleza hubo en aquel beso. De pronto volvió a mí la imagen del hombre que había ido a ver a mi padre. ¿Qué había en sus ojos? ¿Desprecio o envidia? Después gritaron en alemán. Yo estaba cansado. Me quedé dormido mientras caminaba y apenas conseguí hablar. Tony me acompañó hasta la esquina de Keren Kayemet y dijo: ahora vete a dormir, mañana no vengas hasta las nueve, duerme, mi niño.

Al día siguiente volví a ver a Tony, la directora, la mujer más maravillosa que he conocido en mi vida, estaba frente al mar junto a un árbol frondoso, en el patio del colegio que ella había fundado, y le dije que me iba a unir al Palyam. Se enfadó, me pidió que esperase. Dijo que esperase hasta tener el título de bachiller. Le expliqué algo. Ella estaba triste. Vi que me comprendía, pero también que no estaba de acuerdo.

El padre de Yohanán Krasner, que por entonces era un hombre importante de la Haganá y conducía una Harley Davidson, me dijo que si realmente quería alistarme, debía acercarme en secreto a una pequeña tienda de botones de la calle Dizengoff junto a la avenida Nordau. Fui y dije que el hombre de la Harley Davidson me había enviado, y el vendedor dijo que conocía a alguien así, que su hijo se llamaba Yaki y lo conocía bien, le dije que el hijo se llamaba Yohanán y entonces el vendedor se relajó y me envió a Ben Yehuda, junto a la calle Vilna, a una tienda donde también vendían botones y allí un joven pelirrojo me dijo que volviera al día siguiente. Volví. Dijo, escucha chico, en la casa donde vives, en el tercer piso, hay una oficina. Me quedé asombrado. Allí había dos apartamentos, uno era de la señora Kramsky y el otro de Oded Nahmani, que trabajaba en la Histadrut.

Bajé desde el apartamento de mis padres y llamé a la puerta. Abrió un chico y preguntó cuál era la contraseña, dije: tú me conoces, vivo aquí arriba, y me cerró la puerta. Volví a llamar. Abrió y pregunté si vivía ahí el hombre de la Histadrut. El chico preguntó: y quién lo pregunta, dije: creo que la contraseña es «botones». Preguntó: ¿qué botones? Dije: redondos, y él dijo: ve a Najalat Binyamin, junto a la tienda de telas de Schwarz, y llama dos veces al timbre, alguien te gritará algo y tú debes cantar «Hay que llamar dos veces, hay que esperar un instante»,* y obedece a quien te abra la puerta.

Era la canción que se cantaba cuando la ciudad se llenó de inmigrantes y era urgente acomodarlos en pequeños apartamentos y no había teléfono: quien quería ver al nuevo vecino llamaba dos veces. Canté «Hay que llamar dos veces» y apareció una chica bajita que miró a un lado y a otro, me hizo entrar al portal oscuro y me puso una funda de almohada en la cabeza. Caminamos un trecho, subimos unos dos pisos, bajamos y volvimos a subir para despistar al enemigo y no dijo nada en todo el rato. Intenté hablar, pero ella puso la mano sobre la funda junto a mi boca para detenerme y al final me hizo entrar en una casa. Me quitaron la funda y en la oscuridad distinguí a algunos jóvenes que hablaban entre ellos en voz baja. Uno de ellos me preguntó, quién es «Maher Shalal Hash Baz»,** y qué es «una doncella, dos doncellas para cada guerrero»,*** de dónde procede, y qué significa el acróstico de la palabra Palmaj.

---

* Canción con letra del poeta Natan Alterman.
** Isaías 8,1.
*** Jueces 5,30.

Querían asegurarse de que no era un enemigo. Tras responder correctamente, sobre todo se asombraron de que supiese que Maher Shalal Hash Baz era el hijo del profeta Isaías, preguntaron por qué había ido allí. Mentí y dije que mis padres eran revisionistas, y también mentí diciendo que tenía dieciocho años. Se alegraron de que un joven del otro lado del mapa político quisiera alistarse y, tras unas preguntas más y aún con la habitación a oscuras, me hicieron jurar sobre la bandera, la Biblia y la pistola. Me dieron una lata cilíndrica marrón que usaban para el café Atar y me dijeron que contenía una granada de mano Mills y que debía subir al autobús número 7 en la estación central de la calle Geulá, ir con la lata hasta la escuela de magisterio y regresar. Temía que hubiera un detective británico. Temía que me condenaran a la horca. Pensé en el hombre que había ido a ver a mi padre. Cuando llegué a la estación, un hombre abrió el cilindro y me mostró que en la lata solo había una bola de hierro de los atletas del Hapoel de Tel Aviv y me explicó que había sido una prueba de valor. Me ordenó ir dos días más tarde a la estación central a las ocho de la mañana.

Dejé una carta de despedida a mis padres. En la estación, no muy lejos de la taquilla principal, había un chico que parecía haberse empapado con la lluvia. Sujetaba con la mano un ejemplar mojado del periódico *Davar* que le tapaba la cara. Yo debía pasar tres veces por delante de él con paso tranquilo y luego acercarme y preguntarle qué autobús iba a Netanya. Caminé tres veces de un lado a otro, medí el número de pasos, me puse nervioso, me detuve, me lanzó de soslayo una mirada sonriente e hizo como que no me veía. Le pregunté si por casualidad sabía qué autobús iba a Netanya. Él bajó el periódico, me echó un vistazo y dijo: «Chaval, yo no soy el servicio de información». Insistí y dije: «Al trabajo. A la defensa. Al kibutz. A la preparación agrícola». Cambió de expresión, miró hacia atrás y hacia los lados y respondió como si hablara a otra persona: «Subamos». Respondí: «Porque sin duda podremos con él».* Él añadió: «Al que atraviesa el cercado», y respondí: «Le muerde la serpiente».** Se relajó, se giró casi amigable y preguntó cómo me llamaba y yo se lo dije. Se dio la vuelta, se sacó del bolsillo una hoja de papel, la leyó y dijo: no te disculpes, he leído un poema que enviaste al gran poeta Shlonsky, intenta otra cosa. Aquel hombre era el poeta Hayim Hefer, por entonces Feiner.

Después dijo: escucha, haces como que vas a Haifa con el billete que te doy pero vas solo hasta Hadera. Te bajas y te das la vuelta, junto a los servicios, e intentas parecer de Hadera, no llames la atención. Caminas tranquilamente hacia el mar. Le pregunté cómo no se llamaba la atención y cómo se hacía para parecer de Hadera. Dobló el periódico y caminó lentamente hacia delante y luego un poco hacia atrás, guiñó los ojos, como si le diese el sol, e intentó meter la cabeza entre los hombros. La gente lo miró asombrada. Por suerte él no les vio y dijo: así debes caminar. Desde Hadera caminas hacia el oeste, más o menos, en dirección al mar, ya

---

* Números 13, 30.
** Eclesiastés 10,8.

olerás el mar y verás a lo lejos la mezquita de Cesarea, y desde allí irás al kibutz Sdot Yam. Pero que no te vean. Y si aparece un británico, di que estás buscando antigüedades.

Me subí al autobús de Haifa. Como de costumbre, se detuvo en Hadera. Como todos, me acerqué al puesto y compré un vaso de soda por cinco céntimos. Miré alrededor y analicé bien el terreno, me hice transparente y fui rápidamente hacia los servicios de atrás. Vi a dos pasajeros fumando junto a una jardinera con flores marchitas, me apresuré a irme de allí, di otro rodeo pisando los hierbajos. Había allí una hermosa y solitaria anémona y pasé a escondidas entre un sicomoro y un ciprés, todos los eucaliptos de espesa copa del poema de David Shimoni me protegieron, eché a andar y me hundí en la arena. No hacía demasiado frío. La arena era inmensa. Los arbustos estaban mojados y tendidos sobre la arena. Estaba despejado, era noviembre y se podían ver los lejanos saltos del agua en el mar. Estaba cansado y me senté en lo alto de un montículo. Me sentí sublime y como un profeta declamé: «La flor, oh Israel, ha sucumbido en tus montañas. ¡Cómo han caído los héroes!».* Así de gilipollas éramos entonces. De repente distinguí a lo lejos a una pareja, parecían pingüinos brillando al sol. Estaban empapados, ella era grande y tenía los ojos azules y me miró con una sonrisa y el hombre se enfadó en un idioma que no entendí. Ella dijo «*elem*». Conocía la antigua palabra hebrea «*elem*», muchacho. El hombre, chorreando aún, se enfadó con ella en su idioma y ella se rio y le abrazó y él dijo en

---

* 2 Samuel 1, 19.

hebreo bíblico: largo de aquí, ¿es que no ves lo que pasa aquí?

Continué caminando y llegué a la entrada del kibutz, cansado de la dura marcha por la arena mojada. El hombre que estaba en la entrada preguntó: ¿eres el nuevo? Dije: sí. Dijo: ¿para el curso? Dije: sí. Dijo: no te atrevas a repetir eso en voz alta. Dije que tenía sed por la caminata y que si podría darme un vaso de agua. Y él dijo: mira, chico, antes debes presentarte donde Hannah. Pregunté: ¿quién es Hannah? Dijo: aquí no se hacen ese tipo de preguntas. Dije: ¿si hubiese preguntado dónde está esa a la que llamas Hannah, que habrías dicho? No cayó en la trampa y dijo: a Hannah no se la busca, a Hannah se la encuentra. Tendrás agua solo cuando Hannah diga que eres legal.

Fui por los caminos del pequeño kibutz y vi a una mujer joven, pero no me atreví a preguntarle, entonces pasó delante de mí un hombre mayor y enfadado que llevaba un par de bicicletas en las manos y le pregunté por Hannah, dijo que era encantadora de serpientes y que todos la temían, pero que era una bellísima persona, y me llevó a un barracón que no estaba lejos de allí. Entré en el barracón que hacía las veces de oficina y una mujer enorme me dio un vaso de agua y aclaró que allí yo tenía que cumplir órdenes porque lo había jurado por la Biblia. Me llamo Hannah y tú no haces preguntas, tengo un novio muy valiente que me protege y esto es también como una especie de clínica. Señaló hacia un estante y dijo, ahí hay un ungüento negro para las heridas, yodo y vendas. Las pastillas blancas son para el dolor de garganta, el dolor de oídos y la fiebre. Las pastillas rojas de al lado son para el dolor de tripa y para las roturas de piernas y brazos. Pregunté: qué pasa si me pica una serpiente. Dijo: ¿a qué viene eso? Le dije: hace un año en el campamento del movimiento juvenil en Heftziva me picó una víbora, me tumbaron en una camilla y alguien chupó el veneno, no había medicinas y el dolor era insoportable. Dijo: las blancas también son buenas para las picaduras de serpiente. ¿Sabes que los árabes tienen montones de nombres para el camello y solo uno para todas las serpientes? ¿Sabes que las hormigas tienen cinco narices? No lo sabía. Me mostró el camino hacia el gran cobertizo de las barcas y desde allí alguien me condujo a un gran barracón construido con chapas metálicas.

   Entré y no había nadie. Había unas cuarenta camas, veinte a cada lado, y empecé a buscar un sitio para mis cosas. Encima de una cama había una nota clavada con chinchetas donde ponía mi nombre. Llevaba en la mochila un juego de lápices de colores y estuve pintando unas dos horas sin que nadie me molestase, luego colgué el dibujo en la pared. Entraron unos jóvenes y gritaron: cómo te llamas, algunos dijeron su nombre y cada uno se sentó en su cama, y uno se tumbó en la cama situada enfrente de la mía y se durmió. El vecino de la izquierda me dijo: ese que duerme, Mijael, es un inmigrante ilegal, no come lechuga, cree que es comida para vacas. Mijael se despertó y vio el dibujo y empezó a gritar: alemanes, alemanes, y alguien cogió el dibujo y lo rompió. Luego me dijo que no solo lo había hecho por Mijael sino porque aquí eres un adulto. Los adultos no dibujan. Mi hermano pequeño Moishele dibuja, tú ya eres del Palyam y no debes hacer tonterías de niños.

9

A las cinco de la mañana nos despertaban con fuertes golpes en la chapa, corríamos en bañador al agua, temblábamos de frío y nadábamos. Al principio tres kilómetros y después cinco, entonces hacíamos un cuarto de hora de gimnasia agotadora, con los bañadores mojados aún puestos, luego nos duchábamos con agua fría, nos vestíamos rápidamente y corríamos al comedor. Comíamos un poco de pan, berenjenas, queso fresco, bebíamos achicoria templada y masticábamos una galleta seca. Después descansábamos media hora y fumábamos y entonces empezaba el entrenamiento. Cuando estallaba una tormenta por la noche, nos despertaban para salir corriendo. Hacía frío y había humedad. Sacábamos las barcas del agua y gritábamos todos juntos: Bevin, hijoputa, sin que ninguno de nosotros tuviese la menor idea de por qué hacíamos eso. Los inmigrantes ilegales que venían en los barcos ya no lograban alcanzar la costa y ninguna barca del Palyam los esperaba. La gente del Palyam trabajaba en los barcos como escoltas, no como marineros, y muchos de ellos ni siquiera sabían nadar. Por entonces llevaban a los inmigrantes por las montañas y la nieve a los puertos y el mar casi siempre estaba revuelto.

Nos daban conferencias sobre pilotaje, velas y navegación y nos entrenábamos corriendo y portando palos a modo de fusiles con improvisadas bayonetas atadas en la punta. Y Hannah, la única que podía mover un tonel sin esfuerzo, la que había vencido echando un pulso a todos los héroes del Palmaj y que tan solo había llorado una vez en su vida, cuando una mujer de «allí» le relató una *Aktion*, nos gritaba, mientras corríamos con las bayonetas: quiero ver una sonrisa en vuestras caras cuando agujereéis a esos alemanes. Le pregunté si, en la guerra, realmente tenía que sonreír cuando corriese con una bayoneta para matar al enemigo y ella le pidió al comandante que tuviese una charla de motivación conmigo.

El comandante tenía muy pocas palabras en su repertorio, pero era conocido como el que casi había muerto en uno de los desembarcos de inmigrantes y sabía gritar de maravilla. Intentó explicarme con su voz ronca la lucha y la necesidad de vencer al enemigo y yo dije que asumía todo eso pero que por qué había que sonreír mientras se corría con la bayoneta. Él no respondió y Hannah, que olvidó que estaba enfadada conmigo, nos sacó a las dunas. Un comandante que yo no conocía llevó una carabina con cincuenta proyectiles y cada uno de nosotros hizo su primer y último disparo del curso, con proyectiles de verdad, de cara a las futuras batallas. Cuando disparé, me tembló la mano, me dolió el brazo, y Hannah me dio una pastilla roja y dijo que, por la pinta que tenía, me dolía la tripa. Le expliqué que no y dijo que ya era demasiado tarde y que en cualquier caso no tenía otras pastillas y explicó, si te duele la tripa, la pastilla te ayudará y, si no, no te hará mal.

En las charlas ideológicas durante las frías y lluviosas tardes de invierno, mientras estábamos sentados bajo el cobertizo de las barcas construido con finas chapas sensibles al sonido de las gotas de lluvia, nos enseñaban cómo era el ejército hebreo. Si decíamos que nosotros éramos voluntarios del Palmaj, partisanos y no un ejército, decían que era como un ejército y que había que cumplir las órdenes porque el *yishuv** esperaba que estuviésemos preparados para cualquier misión.

Un día nos llevaron a las dunas, lejos. Ya estaba atardeciendo. Mandaron a formar. No llovía. Silbaba el viento. Practicamos cómo ocultarnos. Hannah reprendía a todo aquel al que veía arrastrarse, pero realmente no sabíamos hundirnos más en la arena. De vuelta del entrenamiento se me clavó una espina en el pie. Me senté solo frente al mar y me fumé un cigarro. Recordé una historia que contaba mi padre: un hombre organizó el *bar mitzvá* de su hijo e invitó a gente para celebrarlo, bebieron y él le pidió a su hijo que subiera al desván a por un barril de vino y el joven subió, le picó una serpiente y no regresó. El hombre subió a ver qué pasaba y encontró a su hijo muerto, entonces bajó, bebió y comió con sus invitados, estos alabaron al muchacho y al

---

* *Yishuv* es el término en hebreo que se utiliza para referirse a la población judía residente en la Palestina otomana y, posteriormente, en el Mandato Británico de Palestina antes del establecimiento del Estado de Israel, entre 1880 y 1948.

final preguntaron: ¿cuándo es la celebración? Les dijo: habéis venido de festejo y os encontráis de duelo. A mi padre le gustaba esa historia y el dolor en el pie avivó el recuerdo. Me faltaba el humo de la pipa de mi padre. Me faltaba el mar desde nuestra terraza. Solo tenía el mar de Cesarea.

En el curso, más de la mitad de cuyos participantes moriría más tarde y no en las barcas, sino en Jerusalén o de camino, en Saris, en El Qastel o en Nabi Samwil, había con nosotros una mujer pequeña, escuálida, una extraña entre nosotros, que parecía haber llegado volando desde ninguna parte. Decían que había sido miembro del Leji, decían que había matado a un sargento británico, decían que también había tenido un lío con él antes o quizá fuera después y entonces lo mató. Decían que eso no era nada, pero para mí fue la primera vez que pensé en la grandeza de la traición. Pensé que tal vez no se ama realmente salvo a quien ha muerto.

De pequeño me enamoré desesperadamente de una misteriosa amiga de mi padre, una mujer de Berlín a la que vi en la única fotografía que había quedado de ella y que había sido tomada unos diez años antes de que yo naciera. Estaba sentada en una barca en un río de Alemania y llevaba un vestido blanco y mi padre estaba de pie a su lado con un traje blanco, parecía que estaba remando y su rostro, contemplándola, se veía muy relajado.

La chica del Leji tenía una tienda de campaña propia pero remaba con nosotros. Estaba rodeada de un halo de misterio. Cuando le decía algo a alguien parecía que hablaba consigo misma. No tenía piel frente al mundo. Siempre parecía alguien que había escapado de un remoto y hermoso palacio o que se había engalanado tras salir de alguna cloaca.

Las comidas del mediodía incluían una sopa caldosa de verduras, un poco de pescado, lechuga, patatas, compota y pan negro y duro. Yo le daba mi compota a todo aquel que quería renunciar a su sopa e hice un buen negocio, hacían cola delante de mí. Alias-Ari —que después sería mi mejor amigo y que, a diferencia de todos nosotros, diría que la guerra había sido lo más maravilloso que le había sucedido en la vida y que tendría una muerte estúpida en el monasterio de San Simón cuando la última bala disparada en la batalla lo alcanzara y cayera muerto boca abajo con la cara abrasada por el fuego— organizaba la cola para la compota y recibía una de regalo: dirigía mi negocio como si fuese suyo. Lo quise desde el principio. Tenía la tez blanca. El pelo castaño. El atractivo de un bandido de película. Era el Robin Hood de nuestras miserables dunas. El Gary Cooper del Palyam. Era un pícaro en toda regla. Lo sabía todo. Procedía de la miseria, su padre había muerto mientras transportaba hasta un cuarto piso un frigorífico que le cayó encima y lo mató. No tenía familia, ya que su madre había muerto de pena y un hermano se había suicidado o marchado a América. Era un amigo leal.

Nos entrenábamos con las barcas para algo que ya no sería necesario, pero desde luego que no para repeler a los agresores en el camino de Jerusalén. Practicábamos los nudos y toda esa gilipollez de la marinería, y una noche los gamberros del grupo de veteranos se hartaron de oírme marear la perdiz con la necesidad de luchar en vez de aquel estúpido entrenamiento y con lo que es correcto y lo que no y con que el enemigo no es solo un enemigo y se pusieron muy nerviosos, y entonces uno de ellos arrancó un grifo y se lo estampó a otro en la cabeza y este huyó gritando y se armó un gran follón y acto seguido vinieron a por mí y me pegaron. Llovía y ellos eran muchos y me sometieron con facilidad. Llegó el comandante y vi que sonreía, no me tenía mucho aprecio, con el Shlonsky que yo citaba constantemente: «Con la alusión de los relámpagos les previno la tormenta, con la abreviatura del fuego: ¡señales, señales, señales!». Dijo que eso pasaba en los cursos porque los jóvenes que se llenan la cabeza de estúpidos poemas tienen que sacar la rabia fuera y también porque nos daban de beber bromuro de sodio contra el deseo sexual y que, hasta que terminásemos de fundar un Estado, de vez en cuando había que pegarse. Dijo que no me lo tomara como algo personal y que me convenía aceptar los golpes con elegancia.

Allí estaba el mástil donde izábamos la bandera mientras algunos de nosotros vigilaban por si venían los ingleses. Encontré una piedra bastante grande cerca del mástil, me arrastré hacia él y trepé rápidamente, con rabia, con dolor. Até la piedra a un extremo de la cuerda, la dejé caer hacia abajo y pensé que el Fichte de Gustav tendría que verme ahora, y empecé a dar vueltas con la cuerda y la piedra voló atada al extremo y dio a uno o dos. Me impusieron un castigo, permanecer solo por la noche en las colinas, atado a un bloque de cemento. Al principio tuve miedo. Oía los chacales. El mar rugía. Pero era bello y terriblemente grandioso. Estaba solo frente al mar más ancestral de todos los mares. Me sentí como frente al mar de mi Tel Aviv, que habitaba en nuestra terraza. El silencio era el único ruido que oía. El corazón empezó a acelerárseme. Me gustaban aquellos momentos porque eran algo que estaba más allá del miedo, eran yo, el mar y la arena. Quizá durmiera un poco. Por la mañana hacía un intenso frío y empezó a llover a cántaros. Llegó Alias-Ari y dijo que había visto cómo había luchado por ellos y que le había gustado. Nos sentamos y bebimos el agua de lluvia que recogimos en las manos, entonces vinieron a liberarme y me reí de ellos y ellos se ofendieron. Dijeron está loco de remate.

Alias-Ari era una especie de veneno arrebatador, así lo describía una joven granjera que nos servía en el comedor, y él me dijo que estaba enamorada de él. De cosas así no se hablaba entonces, pero él hablaba de todo lo que quería. Era un truhan fascinante. Alias-Ari y yo empezamos a remar juntos en la barca y me contó que procedía del barrio de Shapira, que su padre, que era porteador de frigoríficos, había muerto y que su madre era prostituta. Le tenían miedo. Estaba rodeado de misterio y mezquindad, pero también tenía fuerza. Tenía manos de boxeador y sabía mirar a la gente en silencio hasta atemorizarla. A mí me parecía alguien que sabía algo de la vida.

Salimos con la barca e izamos las velas, zarpamos, Alias-Ari se sentó junto al timón. Dijeron que habían visto lo bien que trepaba, así que trepé al mástil para desplegar una vela y, de pronto, como de un fuelle, empezó a soplar un fuerte viento que arreció brutalmente. Al principio no comprendimos muy bien de dónde soplaba ese viento tan inesperado. Las olas fueron aumentando y la barca comenzó a zarandearse. Desde arriba del mástil, al que yo me aferraba como un mono, los muchachos parecían muñecos en un cascarón dentro de un mar gigantesco, que semejaba a unas inmensas colinas subiendo, bajando y bailando. Al descender, con tanta dificultad que casi me caigo, vi que el comandante estaba asustado e intentaba deducir con la brújula hacia donde nos dirigíamos. De nada nos sirvió, porque el mar se encrespó más y más y, en medio de la espesa niebla que nos envolvía y de la lluvia que caía a cántaros, perdimos el rumbo.

Pasado algún tiempo logramos ver a lo lejos la costa, pero la niebla y los balanceos del agua nos dificultaban la vista y no sabíamos qué costa era y, como en algunas de aquellas costas aún estaban los británicos, el comandante temía acercarse demasiado, ya que, además, las rocas podían destrozar la barca. El mástil se rompió por la fuerza del viento, las velas volaban en todas direcciones sin control produciendo una especie de rugido y cada uno gritaba a su compañero. Alias-Ari me miró y dijo, dijiste que eras un miedica y resulta que eres el único que no tiene miedo. Grité que tenía miedo solo hasta que ocurría algo, pero que cuando ocurría algo no tenía miedo.

El comandante vomitó, también perdimos los remos, entonces grité a Alias-Ari: leí en la *Enciclopedia juvenil* que una barca de madera no se hunde. En medio del rugido, de la lluvia torrencial, del viento que silbaba y de las olas cada vez más altas, Alias-Ari me gritó que esperaba que la barca hubiese leído esa misma enciclopedia. Debíamos de estar frente a Givat Olga y los radares británicos. Oímos una sirena y, en medio de la niebla y la lluvia, centelleó por un instante una lancha a motor británica que intentaba abrirse paso hacia nosotros y disparaba, pero no pudieron con las olas. La lancha de los ingleses se elevaba tanto que al volver a bajar recibía un tremendo golpe y, mientras tragaba agua del mar, le grité a Alias-Ari que por lo que había leído en esa misma enciclopedia, una lancha de hierro como la de los británicos se hundiría pero que una barca de madera como la nuestra flotaría, que había que agarrarse a los bordes con las manos y sobre todo no acercarse a la costa, porque la velocidad de la barca en una tormenta aumenta y en las costas de Netanya y de Herzliya había grandes rocas.

El comandante volvió en sí, me oyó y dijo que creía que yo tenía razón. La barca se llenó de agua y volcó, pero, como ponía en la *Enciclopedia juvenil*, no se hundió. Nos agarramos con fuerza a los bordes de la barca y nadamos con ella unas seis horas. Seis horas nadando en invierno, en agua helada, sin comida ni bebida, nos dieron mareos y, como no teníamos otra cosa que hacer, empezamos a cantar canciones estúpidas. «Ser el último es producto de tu cerebro y de que no has sido el primero ya has tenido una prueba», «Samara, hop, hop, con el ala blanca de la gaviota» y «Salió un pescador a pescar, zum, zum, zum, y perdió los huevos» y «Para mí cada ola porta un recuerdo». Me ardía la cabeza, estaba medio desfallecido, las manos se me habían vuelto como bloques de hierro. Alias-Ari nadaba a mi lado. Hubo un momento en que perdí el conocimiento y él me agarró. Tenía una tremenda fuerza en las manos. Todos se esforzaban al máximo, sabíamos que tal vez ese sería nuestro fin. Uno lloró, mamá, mamá, pero ella no lo oyó y, solo cuando comprendió que nada lo ayudaría, dejó de llorar.

Al final de aquella agitada travesía llegamos al estuario del Yarkón. La armada de Sdot Yam ya sabía lo que nos había ocurrido y los marinos, que nos estuvieron buscando con aquella terrible tormenta, nos encontraron frente al estuario. Jóvenes de Hapoel Yam se lanzaron al agua, nos fueron arrastrando uno a uno, congelados y desfallecidos, a uno de sus barracones, nos dieron mantas y nos secaron. Nos llevaron a ducharnos con agua caliente y nos vistieron. Nos dieron agua y bocadillos y dijeron que nos marchásemos a casa y que, quien no fuese de Tel Aviv, se dirigiera a las tiendas de campaña del Palmaj situadas junto al campamento Yoná, que ya había sido arrebatado a los británicos. Alias-Ari y yo nos fuimos a casa atravesando el Centro de Exposiciones, donde hoy en día venden grifos y helado Montana. Los edificios ya estaban por entonces destrozados y allí se erigía la estatua inclinada del obrero hebreo. Nos pusimos cazadoras y pantalones de franela grises, lo que entonces solían dar a los del Mossad Lealiyá Bet* en los viajes a Europa, y camisas marrones y jerseys y zapatos nuevos. Junto a la estatua había tres amigos míos que eran instructores del movimiento juve-

---

* Organización para la Inmigración Clandestina, era una división de la Haganá creada en 1939 para llevar a inmigrantes ilegales a Eretz Israel durante el Mandanto Británico.

nil Hashomer Hatzair. Cada uno llevaba un par de bicicletas. Iban en pantalones cortos. No llevaban abrigo. Me miraron a mí, a mis pantalones de franela y a mis zapatos y me dijeron con desprecio y con ira que debía darme vergüenza haberme convertido en un capitalista, un imperialista, un explotador de los trabajadores y un asesino de árabes y todo eso solo por los pantalones grises. Aún tenía la sal pegada a los párpados y no podía explicarles dónde había estado ni tampoco tenía ningunas ganas de contarles lo que era estar nadando seis horas en un mar helado. Éramos el Palmaj. Me fui a casa y me dormí.

Por la mañana me desperté con las manos entumecidas, sin poder mover los dedos y temblando de frío incluso bajo las mantas. Mi madre trató de averiguar lo que había pasado, pero nos habían prohibido decir dónde habíamos estado. Más tarde llegó Alias-Ari, que parecía como nuevo, y dijo que las órdenes eran que debíamos agenciarnos un coche junto al sicomoro de la fábrica de silicato de calcio. Dije que yo no sabía conducir y Alias-Ari dijo que no tenía de qué preocuparme. Fuimos a la fábrica y miramos a derecha e izquierda, llovía a cántaros, no se veía un alma por la calle y él se metió en el coche, se inclinó, unió unos cables bajo el volante y me dijo que entrase. Un hombre en pijama apareció en la entrada de una de las casas y corrió tras nosotros bajo la lluvia, y Alias-Ari le gritó: señor, no se preocupe, el coche le estará esperando en Hadera. Llegamos a Hadera, Alias-Ari dejó el coche junto a la estación de autobuses y caminamos durante una hora por la arena para llegar al campamento.

Llegó un miembro de un kibutz que había estado

comprando en la Mashbir y dijo que había visto siete coches aparcados junto a la estación de autobuses de Hadera y Alias-Ari dijo: es porque los están sembrando y, con un poco de lluvia y de abono, se convertirán en un bosque.

Una tarde desaparecieron los instructores, tal vez los llamaran para alguna operación, e hicimos lo que nos vino en gana, jugamos a las cartas y los gamberros del grupo de veteranos se pasaron la hora de cultura con las luces apagadas tirándose pedos. Fui con Alias-Ari a las dunas y nos sentamos entre las zarzas. De pronto, Alias-Ari dio un puñetazo a una roca y gritó algo, no entendí el qué, las palabras se le mezclaban, y entonces empezó a hablarme en voz baja de su madre y de su padre, que no tenía dinero para enterrarla, y me contó que una vez, antes de volver a los portes y morir, empezó a llevar chicas a casa y que les llevaba hombres y que ordenaba a Alias-Ari que vigilara por si llegaba la policía, y también le enseñó a robar camiones y en uno de ellos construyó un cobertizo, lo dividió en cuatro partes, puso a una chica en cada una e iban recogiendo hombres junto a las paradas de autobús, hombres que entraban en el camión y a los que después sustituían por otros, y entonces se compró una Harley Davidson para vigilar el negocio y murió cuando iba detrás del camión y la moto volcó y salió volando. Las chicas cogieron el dinero, saltaron y huyeron, él quedó allí muerto, solo, y Alias-Ari tuvo que ir a identificarlo y me dijo que parecía una bola de carne picada.

Luego empezó a atardecer y nos levantamos, él se rio

y dijo: te estaba tomando el pelo, niño de mamá, ojito derecho de papá, con su pipa y sus alemanes en el tocadiscos. Y supe que él quería que yo lo supiera y, de repente, al principio borroso entre la arena que volaba y luego con mucha más claridad, vimos a un chico con la cara quemada caminando por las dunas, tenía el pelo gris y llevaba una cesta en la mano. Al acercarnos a él vimos que dentro había una cabeza humana.

Alias-Ari me dijo: ves, igualito que mi padre, hola, papá, y lanzó la carcajada más triste que recuerdo. Empezamos a hablar con aquel joven de la cesta, pero debía de ser mudo y también sordo. La cabeza de la cesta era fea pero había en ella una especie de profunda belleza, como la de la cabeza de Jesús en el retablo de Matthias Grünewald en Colmar, el cuadro que tanto le gustaba a mi padre. El chico intentó hablar, abrió la boca. Parecía aterrado. No le salían las palabras y entonces se desplomó. Alias-Ari fue corriendo al campamento y yo me quedé observando atónito las dos cabezas, pues también el que llevaba la cesta parecía como muerto y le salía sangre de la boca. Alias-Ari trajo a un oficial que yo no conocía, quizá había venido de visita, un chico de baja estatura que parecía decidido y daba la impresión de que sabía quién era aquel hombre y qué hacer. Lo examinó y dijo: ¡está muerto! Dije: pero no hay signos de violencia. Inspeccionó sus ropas sin decir nada, yo también busqué, pero no llevaba encima ninguna identificación. El comandante examinó sus genitales y descubrió que su miembro había sido cercenado. Miró a un lado y a otro y dijo que no nos moviésemos de allí. Se fue. Esperamos. Alias-Ari y yo nos pusimos a fumar. Hacía frío. Como una hora más tarde volvió el comandante, que de pronto tenía nombre, Kuti. ¿Kuti qué? Eso no importa, amigo. Yo no soy tu amigo. Eres un descarado.

Llegó un *jeep* con policías de Hadera. Examinaron al joven. Examinaron la cabeza. También llego un médico con ellos. Buscaban algo. Parecían preocupados. Sacaron palas del *jeep* y nosotros cuatro tuvimos que cavar un profundo hoyo donde la tierra era blanda bajo una cicatriz de arena, luego enterramos al hombre junto con la cabeza de la cesta. Kuti nos hizo jurar que no habíamos visto nada.

Dos días después supimos que Kuti había sido herido y que nadie sabía dónde estaba hospitalizado. No sabíamos el nombre de los policías que habían estado con nosotros. Preguntamos, nos preguntaron qué teníamos que ver con Kuti y qué queríamos y entonces comprendimos que debíamos guardar silencio.

Alias-Ari se fue a ver a la joven granjera que tal vez realmente le quería. Él siempre suponía que lo que querían las mujeres era someterlo. Charló con ella y aprendió de ella que todo era secreto. Él se inventó una historia, que Kuti tal vez era un traidor, que a buen seguro no regresaría y que nadie sabía quién era el hombre que habíamos enterrado ni de quién era la cabeza.

Un día dijeron que iba a venir la esposa de un veterano del Palmaj a dar una conferencia sobre el escritor Yosef Hayim Brenner, cuya frase «Afortunado aquel que muere con ese conocimiento y con Tel Jai a su cabecera» estaba escrita en negro en un letrero de madera en la entrada de nuestro barracón. Los gamberros del grupo de veteranos y también la chica del Leji, que a veces era grosera y a veces agradable, dijeron que aquella conferenciante tenía un hijo que había muerto y que ya habían oído esa conferencia más de una vez. Dijeron que hablaba con entusiasmo, que se ponía histérica cuando hablaba de Brenner y que entonces se pasaba la mano por el culo para alisarse el vestido. Uno de ellos dijo: sí, seis veces. La del Leji se volvió parlanchina de repente y dijo que se estiraba el vestido ocho veces. Yosi, que también estaba en el grupo, que había llegado de Givatayim y conocía a todo el mundo, porque era asiduo del café Tzlil de Yafa Yarkoni, cuyo marido había sido un legendario comandante de la Haganá, contó que un amigo suyo de Ramat Gan le dijo que la había oído hablar en público con una emoción que rayaba en la histeria, porque el difunto Brenner había sido su amante, o eso decían, y que cuando hablaba se pasaba la mano por el culo para estirarse el vestido al menos diez veces.

Empezaron a gritar el número de veces que se lo estiraba y entonces se decidió apostar. Se decidió que fuese una apuesta global. Alguien convenció al comandante de la Haganá para que le dejara por unas horas un *walkie-talkie* y llamó a todo tipo de asentamientos y de kibutz y entonces el curso entero fue a la conferencia. La mujer se quedó impresionada por la cantidad de voluntarios que habían ido a escucharla, pues hasta entonces había hablado ante un público medio dormido. Habló con emoción de Brenner y de sus compañeros asesinados y se pasó la mano izquierda por el culo para estirarse el vestido (debí de ser el único que escuchó la conferencia, el resto se ocupó solo de llevar la cuenta), se alteró, casi gritó y su rostro enrojeció de llanto por la muerte de aquel maravilloso hombre y a mi alrededor oí murmullos emocionados. Una. Dos. Tres... Se alisó el vestido once veces y se oyeron números y gritos ahogados a través del *walkie-talkie*, desde Ramat Rahel, En Harod y Hanita, y reinó el entusiasmo.

Los oficiales, que debido a la escasez de chicas estaban enamorados de nuestras instructoras, aprovecharon el tiempo de la conferencia para revolcarse por las dunas mojadas y no presenciaron la gran apuesta. Volvía a llover a cántaros, pero no importaba. Alias-Ari, por supuesto, fue quien más ganó.

Al cabo de unos días, por la tarde, apareció Beni Marshak y dio una conferencia de una hora sobre la situación nacional, sobre la guerra y sobre el hecho de que, aunque no teníamos armas, lucharíamos con las manos, con los dientes, con los puños, con los pies, con el vientre, con la espalda y golpearíamos al amargo enemigo, conquistaríamos Eretz Israel y venceríamos, y todos estaban tan cansados, que se quedaron dormidos, pero Beni era corto de vista y no se percató de que su entusiasmo solo me llegaba a mí y a dos inmigrantes recién llegados, que se quedaron impresionados con su capacidad de gritar, con la fe que manaba de sus ojos y con su boca lanzando saliva. Los demás se despertaron y escaparon hacia las dunas.

Al final, Beni se acercó a mí, dijo que yo era un chico culto y me pidió que organizase algo el viernes por la noche. Yo no sabía ni por dónde empezar. Apagar velas con pedos ya me cansaba también a mí y Beni lo había prohibido. Uno de los gamberros del grupo de veteranos oyó mi lamento por no saber qué hacer por la cultura y convino con Yossi de Givatayim, el del café Tzlil, que trajera al campamento dos prostitutas de la calle 3 de Tel Aviv, del club de Berale. Ellas estaban encantadas de estar con soldados judíos y él las repartió entre los muchachos, y Alias-Ari hizo negocio con ellas, cobrando un céntimo más por polvo, y quedó en deuda conmigo por no decir nada. Después, cada uno se sentó en las cajas y en los restos de las barcas destrozadas y alguien llevó un piano, no recuerdo de dónde, que no estaba bien afinado y tenía un aspecto lamentable, pero que, milagrosamente, era un piano de verdad.

Los gamberros del grupo de veteranos también trajeron de Givatayim a Yafa Yarkoni, que por entonces se llamaba Yafa Lustig, y dijeron los entendidos que antes se llamaba Yafa Abramov y que había bailado con Gertrud Kraus. Se sentó erguida, hermosa y *sexy* sobre el piano, cruzó las piernas y cantó sobre la guerra, un sueño bañado de sangre y de lágrimas, y cómo esperarían a Elisheva al día siguiente a las siete.* Beni Marshak llegó y se enfureció al ver a Yafa Yarkoni sentada así, se acordó de mí y dijo: ven aquí, dónde está ahora el que mandó un poema a Shlonsky, porque por supuesto Hayim Hefer se lo había contado. Y añadió que, como casi había terminado el instituto, qué tal si organizaba una auténtica velada cultural y no aquella basura.

Llegó el viernes y todos se reunieron. Una noche de viernes en las dunas, dijo alguien, y el comandante se sentó, observó a todos con dureza y dijo que debían atender. Yo hablé como si de verdad fuese un entendido. Hablé de Bialik, de Shlonsky y de Tchernijovsky. Pusieron cara de estar despiertos, pero ellos dormían con los

---

* Alusión a dos famosas canciones de aquella época.

ojos abiertos, y yo hablé con entusiasmo de poesía y recité «Acógeme bajo tus alas» de Bialik, el poema que mi madre me cantaba de pequeño, y me quedé dormido mientras hablaba y así permanecí. Cuando me desperté, ya no había nadie. La lluvia azotaba el techo de chapa.

Hayim y Medio entró a decir que la chica del Leji había desaparecido. Llegó un oficial que no conocíamos haciendo preguntas y nosotros preguntamos por ella y, de pronto, con aspecto cansado y triste, dijo que ya no regresaría. Cerca de una hora más tarde salió de la tienda del grupo de veteranos su líder, Zeevik. Alto, ojos negros, pelo castaño y músculos que movía como un yoyó. Siempre estaba enfadado. Se levantó y se quedó firme frente a la pequeña tienda de la chica del Leji, parecía cubierto de una terrible congoja. Todos se acercaron, se pusieron a su alrededor, también yo, en aquel momento había allí una especie de sacralidad, y se asustaron. Él siguió de pie sin moverse. Pasado un tiempo los muchachos se cansaron y se fueron a dormir, los gamberros del grupo de veteranos no dormían en barracas como nosotros, sino en una gran tienda, y yo me quedé junto a él. No se movió de allí en toda la noche. Clavó en la tienda vacía una mirada penetrante y, sin apartar los ojos de ella, permaneció firme e inmóvil en recuerdo de quien ya decían que había sido su gran amor sin que ella lo supiera.

Amós el Bobo salió de la tienda y se rio al verlo. Zeevik lo golpeó pero ni así dejó su posición firme como el plomo. Al amanecer me quedé dormido. Hacía frío y me tapé con un abrigo apestoso, entonces estalló una tormenta, se oyeron pitidos de silbatos, nos quitamos la ropa, corrimos hacia el mar medio desnudos y congelados y arrastramos las barcas hacia la arena dando gritos contra el asqueroso de Bevin. Luego subimos las barcas a la playa y corrimos a secarnos y a dormir un poco.

Unos días después, Alias-Ari y yo fuimos a hacer nuestras necesidades, por separado porque no me gustaba desnudarme delante de los demás como hacían todos, que solían mear en círculo y apagar también así las hogueras. Yo siempre me quedaba a un lado, aturdido.
Ya era mediodía y brillaba el sol. Alias-Ari escarbó en la arena y de pronto gritó. Pensé que le había picado un escorpión. Me acerqué a él, me dijo: rápido, límpiate con una piedra, y dije que ya me había limpiado con una piedra que raspaba. Me quedé allí parado. Alias-Ari abrió las dos manos y empezó a caer arena entre sus dedos y, cuando dejó de caer, vi unas monedas verdes. Luego Alias-Ari me enseñó cómo se les quitaba el óxido de dos mil años para obtener unas monedas romanas lisas y preciosas.
Por la tarde, cuando fuimos a dar una vuelta por la playa, Alias-Ari dijo que no había nada más bonito que una guerra. Mira cómo gané en la apuesta y mira esto, voy a hacerme rico con estas monedas. Entonces informó de que tenía unos terribles dolores, estaba tiritando y había vomitado, Hannah se sorprendió y él pidió permiso para ir al médico de Hadera. Hannah dijo que mentía igual de bien que Jascha Heifetz tocaba el violín, pero, debido a la fiebre alta que le había dado de pronto, no quedó más remedio y lo llevaron a Hadera. Cuando sus acompañantes desaparecieron del centro médico, salió y se agenció —no robó, en el Palmaj no se

robaba— un coche que ya había sido agenciado antes en Tel Aviv por algún oficial, y entonces condujo hasta Tel Aviv y lo aparcó en el sitio donde aquel oficial lo había encontrado anteriormente, en la calle Ahad Haam, junto a la gran sinagoga, pues allí había una tienda de antigüedades y recuerdos donde compraba mi padre.

Alias-Ari enseñó las monedas al hombre de la tienda y luego me contó que los ojos del vendedor brillaron y se llenaron de lágrimas, que parecía como loco y que había dicho que había monedas romanas muy raras y que una de ellas incluso era una moneda hebrea de la época de la rebelión de Bar Kojba con un relieve de un candelabro de siete brazos, y entonces preguntó de dónde procedían. Alias-Ari le dijo que si no hacía demasiadas preguntas, si confiaba en que no habían sido robadas y no causaba problemas, le llevaría más. Recibió veinte libras.

Al día siguiente nos mandaron a casa de fin de semana. Me quedé en casa angustiado, pero mi madre dijo que no tenía mal aspecto. Luego fui a dar una vuelta. La Casa Roja se había convertido en el cuartel general del Palmaj. Al lado vi a dos jóvenes que tal vez estuvieran vigilando aquella casa. Parecían ingenuas. Guapas. Me acerqué a ellas. Quise decir algo y ellas me miraron y dijeron: qué te pasa, amigo, y dije: me parecéis como la luz de una sombra, entonces se rieron y dijeron: eres uno de esos raros, ¿qué es la luz de la sombra? Dije: lo contrario de lo contrario. Es lo que dijeron una vez de uno que tenía tres perros y los llamó y uno acudió, otro no acudió y otro acudió o no acudió. Una de las jóvenes, que parecía la esencia de la mujer que sería algún día, dijo: ¿tú entiendes algo de lo que dices? La magia de su belleza se esfumó de repente. Ya se habían convertido en lo que serían sus madres diez años más tarde, y dije que no, que no entendía nada.

Me marché de allí. Anocheció. Fui a un club de la playa, al lado del café Piltz, para ver al gran Simón Rudi. Había allí una chica que saltaba a través de una rueda ardiendo y todos se excitaban porque querían verla quemarse. Me gustaba cómo Simón Rudi hacía su juego de músculos, su movimiento de músculos y su lanzamiento de chicas por los aires, y entonces pensé que era un sabio que se alejaba del resto del mundo. Un hombre que moraba aparte dentro de sus músculos. Me daba igual que el tío Alex me hubiera explicado que todo era una ilusión. Para mí era real aunque fuese mentira. Como también me daba igual lo que decían mis amigos, que Zalman y Kalman no estaban realmente locos y que solo querían ganar dinero sin trabajar. También eso significaba algo para mí. Tumbarse así en la calle Ben Yehuda con un calor sofocante y hacer muecas de memos para recibir unos céntimos. Para mí eso era una acción tan propia de pioneros como la del movimiento sionista Gdud Haavodá del bruto de Natán, el gran amor de mi madre, que extraía las piedras de la carretera de Tzemaj.

Por la mañana me estaba esperando Alias-Ari junto a la fábrica de silicato de calcio. Fuimos a la calle Bugrasov, él se agenció un coche y nos dirigimos a Hadera. Lo dejamos en el descampado de siempre y regresamos a Sdot Yam y, mientras nos estábamos vistiendo, nos llamaron para una nueva operación.

10

Más tarde, ya a mitad de la guerra, apareció en Kiryat Anavim un muchacho, alto y de pelo claro, con unos ojos azules a través de los cuales podías ver el mar Báltico; no es que yo hubiese visto alguna vez el mar Báltico, como mucho conocía la playa Frishman de Tel Aviv. Dijo que había estudiado hebreo en el barco y en el campo de tránsito, y se unió a nosotros en Kiryat Anavim. No tengo ni la más remota idea de cómo logró llegar hasta nosotros con el bloqueo. Me acababan de trasladar a otro pelotón, donde estaban los que habían quedado con vida, y algo después llegó él. Cuando dos de nuestra tienda murieron, le dieron sus ropas porque la suya estaba destrozada. Desde el primer momento sentí afecto por él. Todo lo que sabíamos de él era que había sido partisano y que se llamaba Yashka el Partisano. Tenía un rostro eslavo como el que habíamos visto en la fantástica película rusa *A lo lejos una vela*. Le canté la canción de la película. Dieron a Yashka una vieja Schwarzlose austriaca, porque entendía de ametralladoras, y también dieron una a otro cuyo nombre he olvidado, un superviviente que logró llegar hasta nosotros y que una semana más tarde murió en Saris. A él, si no me equivoco, le dieron la Browning, porque también él había sido un asesino profesional en Rusia, o al menos eso decían.

En la cola del comedor, con los pequeños vales que había que darle a Shika a la entrada, estábamos juntos Yashka y yo. Le enseñé a preparar una ensalada con hojas de malva y de parra, migas de pan y unas hierbas cuyo nombre he olvidado. Shika, que durante la guerra llamaba a los combatientes ingleses y americanos el ejército inglés o el ejército americano, pero que siempre llamaba a los rusos «nuestras fuerzas», llamaba a Yashka con admiración «camarada partisano».

Un día que viajábamos juntos, de pronto siento un escozor. Miro y veo un agujero en los pantalones y luego otro, y en ese momento veo que también él se mira los pantalones y dice algo en esa mezcolanza hebreo-ruso-alemana, no recuerdo exactamente, en la que charlábamos. Dice: «una bala en los culos». Una bala extraña, hostil y estúpida penetró en nuestros traseros y atravesó una pernera y luego otra y salió, pero, salvo el escozor y los agujeros en los pantalones, no dejó rastro. Nos reímos y él dijo que éramos camaradas de culo.

Era osado, tranquilo, y luchaba como decían que luchaban los caballeros polacos, lo que años más tarde se llamaría «los expuestos en las torretas»,* solo que por entonces no había ninguna torreta donde ser expuesto. Esto ocurrió en 1948, el tiempo de la Cruzada de los Niños.

---

* Libro de Shabtai Teveth publicado en 1972 que relata las duras batallas de tanques durante la guerra de los Seis Días de 1967.

La mañana siguiente a los combates nos repartíamos la ropa de los muertos. Por las noches hacía frío y Yashka cantaba canciones en ruso. En los combates disparaba de pie. Decía que veía mejor al enemigo de pie. No tenía miedo y al parecer le gustaba disparar. Le gustaban las guerras. Cuando entraba en combate, resplandecía, hablaba en ruso y cantaba y, en uno de nuestros ataques a Saris, en las dos ocasiones anteriores habíamos fracasado, o tal vez fue en Bet Iksa o en otro pueblo, he olvidado dónde exactamente, nos dejaron en un devastado terreno montañoso, todos se durmieron salvo nosotros dos, y Yashka el Partisano se puso a rebuznar como si fuese un animal. Me acerqué a él y me dio un cigarro Strand Special, difícil de conseguir, e intentó explicarme algo. No lo entendí todo pero hablaba haciendo muchos aspavientos. Él no sabía yiddish, yo solo un poco, y tampoco estoy seguro de que fuera yiddish, aunque no es que me importara. Entendí que cuando era joven había luchado en Stalingrado. Contó que allí tuvo lugar la batalla más dura jamás librada, que miles murieron, y que una vez mató a un alemán de un cabezazo. Al parecer dijo que tenía hambre y frío, y que le gustaba (mientras hablaba, con una rama fina dibujó un corazón en la arena) nuestra guerra porque los judíos se merecían tener un Estado ya que en Stalingrado lucharon y murieron muchos judíos que no solo no fueron condecorados, sino que los capturaron y asesinaron tras los combates por ser judíos, y que su abuelo fue un judío creyente en Siberia y que lo que nosotros hacíamos aquí era justo y razonable, pero como una guerra de niños contra niños y contra árabes que gritaban, asesinaban y huían al primer disparo. Jamás, eso me dijo, había visto peores soldados, con excepción de los jordanos, que eran unos soldados excelentes. Pero los árabes son muchos y tienen armas y él los mata como solo él puede hacerlo porque si no lo hace no tendréis aquí un Estado. Tal vez dijo «tendremos» pero no estoy seguro.

Empezó a cantar en voz baja una canción rusa que yo hubiera jurado que era hebrea y me abrazó con fuerza y dijo: espero que lo logremos. Hay que luchar bien. Vosotros sois muy graciosos. También queréis moral. En la guerra no hay moral, dijo en una especie de hebreo entrecortado que me resulta difícil reproducir hoy, pero le entendí, se refería a que yo armaba un escándalo con todo eso de lo permitido y lo prohibido. Dijo que había leído libros de filosofía y sabía que la moral era adecuada para los profesores, los animales matan a los animales, las personas luchan por su vida y matan si quieren vivir, no hay ninguna guerra moral. ¿Qué quieres?, ¿esperar a que alguien te mate y dispararle después? Alguien como tú, que ha estado en Hashomer Hatzair y ha sido herido, dice que hay que ser justos, pero también hay que ser malos. Sin malos, no hay guerras, dijo Yashka el Partisano, y mordisqueó una hierba y se rio. Tenía una risa bonita, clara, inteligente y abierta, y a veces incluso se quedaba dormido mientras se reía.

De día intentábamos dormir. No había agua ni comida y, cuando estábamos en Jerusalén, después o antes de los combates, íbamos a ver la única película que se proyectaba en la ciudad: *Fiesta brava*. Los dueños del único cine que quedaba abierto por entonces tenían un generador. Al marido le gustaba el cine de amor no correspondido y decían que habría vendido a su esposa y a sus hijos por una película nueva, pero no había, las películas se habían acabado, solo le quedaba *Fiesta brava*, con Esther Williams y Ricardo Montalbán. La veía todos los días y, cuando alguien entraba en la oscuridad, gritaba: hola amigos, son dos céntimos para el Keren Kayemet, el Fondo Nacional Judío, y continuaba viéndola. Ricardo, con un traje plateado, cantaba en español, que yo creía que era mexicano, y la rubia Estherke, con su espectacular cuerpo, saltaba a una piscina llena de chicas con bañadores brillantes que parecían peces y el agua salpicaba en un fantástico tecnicolor, y nosotros nos sentábamos con él a oscuras y cantábamos juntos la canción de la película. Yashka aprendió a cantarla y tal vez pensó que era en hebreo.

Recuerdo que me volví apático. Esperaba la muerte para descansar un poco. Estaba cansado. Recordaba a los monjes del monasterio de Latrún, donde me llevaba mi padre cuando iba a leer con ellos *La ciudad de Dios*, un libro que le gustaba mucho. Ellos no hablaban y se pasaban todo el día susurrando *memento mori*, recuerda que morirás. Y ahora los proyectiles silbaban también mientras dormía, y recordaba que moriría. También en sueños. Intenté conocer a la muerte, pero ella se rio de mí y decidió pasarme por alto.

Llegamos a Jerusalén frente a ventanas cerradas de puro miedo, marchábamos cantando y la muerte que se me había escabullido nos aplaudía. Perdimos a nuestros mejores jóvenes. Hubo muchos muertos en la brigada y todos éramos niños, buenos y malos. Intenté aprender cosas de Yashka, por ejemplo, cómo luchaban los partisanos, pero sus explicaciones eran en ruso y no siempre las entendía. En varias ocasiones quisimos preguntarle detalles sobre su vida, de dónde era, si de verdad había sido partisano, cómo había llegado hasta aquí, ¿en un barco de ilegales? Pero estábamos ocupados y cansados y lo dejamos para más tarde. Queríamos agua. En vez de eso escuchábamos discos que cogíamos como botín en los pueblos árabes, tangos en árabe. Abdel Wahab, Layla Murad, que decían que era judía. Estaba bastante unido a Yashka y pensaba: mañana le preguntaré su apellido, pero no lo hice. Yo tenía casi dieciocho años. Él unos veinte. Una chica a la que encontré sobre la hierba en una granja dijo que era un hombre estupendo y que lo admiraba. Tal vez tuve celos o tal vez no. Y entonces una noche fue abatido. No era nada extraordinario. Normalmente se enterraba a los muchachos como él con el nombre de «Desconocido», que era menos adecuado que la expresión «Anónimo» que se escribía en las tumbas durante los incidentes de los años veinte y treinta. Anónimo: qué palabra tan fuerte.

Fue abatido a mi lado, pero no recuerdo dónde sucedió. Dispararon. Nos tiramos al suelo. De pronto vi que se retorcía de dolor. Los disparos cesaron y él intentó no gritar. Sujeté su cabeza y quise que viviera. Hijo de puta, tenía que vivir. Cuando empezó a respirar con calma, me alegré. Intenté pensar cómo llevarlo hasta donde estaba el enfermero y de pronto empezó a ahogarse, luego volvió a respirar pausadamente y por un instante respiró profundamente y vi cómo el aire entraba en él y estaba convencido de que se salvaría, pero el aire ya no salió. Murió con esa profunda respiración. El aire no quiso salir.

Fui a la casa Fefferman y pedí hablar con Yitzhak Rabin. Me hicieron pasar y le dije que había muerto un valiente y que tal vez fuera posible escribir en la lápida provisional «Yashka el Partisano». Rabin lo pensó y dio permiso. Había entierros todas las mañanas y, cuando llegó su turno, dejaron el cuerpo dentro de la fosa. Nosotros solíamos estar demasiado cansados para ir a los entierros, pero en esa ocasión, y como algo excepcional, sí que fuimos, porque dijimos: pobrecillo, no tenía a nadie. Como si nosotros sí tuviésemos a alguien. Pero él no tenía padres en la ciudad ni en el campo. Llenamos la tumba de tierra y clavamos un letrero donde ponía: «Yashka el Partisano».

En el cementerio de Kiryat Anavim, donde pensé que enterrarían a Yitzhak Rabin, junto a sus subordinados y compañeros muertos, donde descansan mis camaradas, como Menahem, un amigo de la juventud y otros, no hay hoy ninguna lápida con el nombre de Rabin, pero tampoco con el de Yashka el Partisano. Podría haber averiguado en el kibutz si se habían olvidado de él o si sabían su nombre verdadero, si algún pariente se había llevado su cuerpo, si podrían haberlo enterrado con su nombre completo en otro lugar o trasladado a otro cementerio o si la fosa se llenó y no lo vieron y había desaparecido. En Salmos 6 se dice: «En la muerte no hay de ti recuerdo, en el Sheol ¿quién te alabará?».

Yashka el Partisano era judío incluso aunque no lo fuera. Tanto si trasladaron su cuerpo muerto a otro lugar como si el rabinato abrió su tumba para comprobar si su madre era judía e intentaran quizá circuncidarlo después de muerto, él permanece donde fue enterrado aunque sus restos fueran exhumados. En el cielo eterno y vacío de Dios está Yashka el Partisano, tenga el nombre que tenga.

11

Unos meses antes, en el kibutz Sdot Yam, un poco después de que la chica del Leji desapareciera, informaron de que salíamos a tomar Cesarea, que estaba sepultada por la arena y solo sobresalían el minarete de la mezquita y el muelle. El muelle estaba sostenido por columnas de mármol claras que lady Stanhope, de quien se contaba que había dicho que Palestina era una tierra erótica, había traído de Ashkelón el siglo pasado. Mi padre solía llevarme a visitar al bosnio que había abierto un pequeño museo sobre el muelle de Cesarea. Enviaba un coche a la carretera para recogernos. Era un hombre dulce y regordete, con una sonrisa ingenua, que había ido recogiendo montones de monedas, iconos y objetos de cerámica. Nos sentábamos con él en el muelle frente al mar y sacaba dos narguiles, un joven los llenaba, ponía las ascuas, soplaba la ceniza y los encendía, y el hombre y mi padre fumaban y hablaban en alemán de sus años de estudiantes en Heidelberg.

Y ahora nos decían que debíamos salir a tomar Cesarea porque iba a llegar un barco de inmigrantes ilegales y los árabes molestaban. Dije que no eran árabes sino bosnios. Dijeron: un árabe es un árabe aunque sea basonio. Dije: bosnio. Dijeron: vale. Explicaron que no debía haber allí árabes que molestasen, ¿y qué era eso de bosnios? Todos eran árabes. Enviaron a uno de nosotros a otear la ciudad y dibujar un mapa y, por la mañana temprano, salimos. Era de noche. Salimos en dos barcas: *Dov* y *Tirtza*. Salimos a remo, sin velas, seis remos a cada lado. Teníamos en nuestro poder dos rifles: uno disparaba y el otro había sido sacado del escondrijo y limpiado, pero sabíamos que no dispararía. Llegamos al extremo de la bahía. Alias-Ari y Hayim y Medio dispararon, el primer rifle funcionó, el segundo no. El primero fue probado de nuevo y el proyectil, que estaba sucio de arena, se atascó en el cañón, el rifle se curvó y un mísero proyectil salió, quedó suspendido en el aire e inmediatamente después cayó como la gota de semen de un anciano.

Bajamos a la playa y vimos huir a los bosnios. Caminaban despacio. No parecían sorprendidos ni en retirada. Salían con una gran majestad llena de poderío. Arrastraban sus pertenencias con una especie de amor propio. Mishka golpeó una lata para hacer más ruido y un Primus de la Haganá pasó lentamente por encima de nosotros, descendió e intentó lanzar una bomba, pero esta explotó en el aire y cayó en las dunas. El Primus empezó a descontrolarse y entonces ascendió como un *cowboy* yiddish. Los bosnios ya estaban hundidos en la arena y vi cómo caminaban con calma. Tal vez su tristeza estaba en su caminar, algo que entonces no comprendí pero que ahora sí comprendo. Pregunté a Alias-Ari a quién molestaban ahí y él dijo: para mí son como un grano en el culo, sencillamente es preciso que no haya árabes ahí y por eso se los expulsa. Fui al museo, el amigo de mi padre había podido llevarse algunas de las antigüedades más raras y Alias-Ari apareció detrás de mí e intentó entrar. Lo detuve y le pedí que no cogiera nada. Me empujó con compasiva camaradería y entró un instante, corrí tras él, se me escapó y salió. Alzó las manos y dijo: mira, ¡limpias!

Nos sentamos a fumar hasta que llegó un oficial y gritó ¡Cesarea está en nuestras manos! Como si hubiésemos vencido a Herodes, a los romanos y a los alemanes. Parecía emocionado. Le dije: ¿cómo que «en nuestras manos»? ¿Qué es eso de «en nuestras manos»? Y otro le dijo: ¡eres un machote! ¡Hurra! A lo lejos aún se veía la caravana de refugiados. Llevaban abrigos y sombreros y ya parecían hormigas mascando arena. Al final de la caravana vi a una niña con un abrigo verde que llevaba una muñeca en la mano. Miraba hacia atrás y era arrastrada por el árabe que identifiqué como el bosnio, el amigo de mi padre, y me entristecí, pero no hice nada. Para todo aquello que vi aún no tenía sustantivo ni adjetivo alguno. El hombre era un movimiento tembloroso en un paisaje indefinido. Había también algo estético en aquel gigantesco cuadro de pedazos de paredes antiguas, columnas de mármol griegas, un minarete medio enterrado bajo el montón de arena que teníamos delante y la caravana humana que parecía ya menos compacta y más perdida.

(Años después asistí a una fiesta en Estados Unidos con motivo de la publicación de un libro mío sobre alguien que tenía una madre judía y un padre árabe, y la lucha del árabe que había en él contra el judío que había en él, y había allí una mujer que vino a hablar conmigo. Dijo que se llamaba Inaya, me presentó a su marido, que, según dijo, era un judío de los agradables y estupendos. Ella era hermosa y alta, y dijo que había escrito una buena crítica sobre el libro y que era palestina. Pregunté de dónde, dijo que de Cesarea. Me contó cómo cuando tenía cinco años los judíos llegaron en barcos de guerra y con cañones y hubo una batalla y los judíos conquistaron la ciudad con gran poderío. Miré a la niña con el abrigo y la muñeca y no le conté lo de los dos rifles que uno disparaba y el otro no. Fue tan amable conmigo. Su marido me contó un chiste sobre un judío, un francés y un inglés y pensé: hace cincuenta años esta niña solo era un punto bosnio en el espacio.)

En Cesarea, el día de la gran conquista, que si no me equivoco fue la primera conquista de un pueblo en la guerra de la Independencia, se veían en el mar lanchas de la policía británica buscando algo y Alias-Ari estaba a mi lado intentando empujarme a entrar de nuevo en el museo, al que me habían asignado vigilar. Llegó un comandante en un *jeep*, llegó de las dunas, con una pistola al cinto, y cerró el museo con un candado. Llegaron cinco muchachos del kibutz Maagán Mijael con una pistola y palos de combate y salimos en las barcas hacia Sdot Yam. Por la tarde, el comandante habló de que estábamos luchando en una guerra sin alternativa y de que todo estaba decidido. Dije que no comprendía por qué habíamos tenido que conquistar Cesarea, que no se había enfrentado a nosotros, y el hombre dijo que había peligro y que tenía que llegar un barco de inmigrantes ilegales. Pregunté sorprendido dónde estaba y dijo que seguramente habría visto a los ingleses en el mar y se había dirigido hacia otra playa.

Antes de la cena, el comandante nos llamó. Dijo que habían robado oro y plata del museo y que sabía quién era el ladrón, pero, añadió, abandonaremos el campamento durante una hora y el que haya sido, yo por supuesto sé quien es pero soy justo y compasivo y le doy una oportunidad, que lo devuelva en la tienda vacía de la chica del Leji. Nos fuimos. El comandante regresó al cabo de una hora, encontró allí las monedas y no dijo una palabra. Solo él, Alias-Ari y yo supimos quién había sido el ladrón.

Iba caminando por el kibutz. Me encontré con una mujer que dijo en tono burlón que estaba muy orgullosa de que yo hubiese conquistado Cesarea y que a sangre y fuego Judea ha caído, a sangre y fuego Judea se alzará. Le dije que eso era del Etzel* y ella dijo: hoy todo es el Etzel y me invitó a su habitación. Sacó un vaso, metió una resistencia eléctrica en el agua, la calentó, sirvió dos vasos de té flojo y se echó a llorar. Le pregunté por qué lloraba. Dijo que se llamaba Tzila y

---

* Acróstico de Irgun Tzevaí Leumí (Organización Militar Nacional), fundada en Jerusalén en 1931, conocido también como «el Irgun». Organización paramilitar que actuó durante el mandato británico contra los británicos con métodos terroristas.

que tenía frío. Dije: te daré mi cazadora. Dijo no era eso lo que la calentaría. Preguntó: ¿sabes que aquí vivió Hannah Senesh?* Aquí llorábamos juntas. Es estupendo que hayas sacado de Cesarea a los bosnios nazis, según los mapas allí hay un acueducto romano y un anfiteatro, y nosotros somos judíos, nosotros haremos algo con eso. Pregunté: ¿contra quién? No respondió. Tomé un sorbo de té. Yo no sabía qué hacer, me disculpé y me fui.

Alias-Ari apareció de pronto como si me estuviese siguiendo. Pregunté qué hacía ahí y dijo que pasaba por casualidad, pero que, al oír cómo se entregaba la chica con la que estaba, había pensado que me la estaba trajinando. Me quedé lívido incluso en la oscuridad y dije que solo habíamos estado hablando del frío, del té y de Hannah Senesh, y él me dijo: eres un imbécil y siempre lo serás, y entró. Me quedé a esperarlo y él gritó desde dentro, vete de aquí, ella tiene frío, vete a joder a los bosnios, y la débil luz se apagó.

Luego nos pegamos. Alias-Ari salía a hacer sus búsquedas y de vez en cuando yo le ayudaba. A veces se hacía el enfermo hasta que Hannah se hartó de darle permiso. La última noche fui solo a las dunas y, sin darme cuenta, me puse a escarbar en la arena. ¡Qué arena tan limpia y tan fina, la más antigua de todas! Kilómetros y kilómetros de oro claro y puro. Encima, matorrales y arbustos y, por la noche, el aullido ininterrumpido de los chacales y el mar que brillaba al ser peinado. A mi lado jadeaba una pareja de enamorados. Mis manos

---

* Hannah Senesh (1921- 1944) fue una integrante de la resistencia judía contra el nazismo durante la segunda guerra mundial.

dieron con un objeto extraño. Escarbé más profundo en la arena, al final lo encontré. Estaba oscuro y un chico que surgió de pronto con una chica en brazos me gritó que tenían derecho a estar solos y que había lugar para el amor incluso en aquellos días de encarnizada guerra y yo hui de allí. En el barracón limpié lo que había encontrado. Se trataba de una cabeza pequeña y un poco rota de una mujer, por la forma del cabello parecía romana. Alias-Ari la examinó a conciencia, con una lupa y una linterna, y preguntó cuánto quería. Dije: no la vendo. Dijo: la venderás, claro que la venderás. Me quitó la estatuilla, corrí tras él, giró la cabeza hacia mí, tenía una expresión extraña, cruel. Comenzó a golpearme y yo respondí. Al final comprendí que si quería seguir vivo debía perder con honor. Se llevó la cabeza que yo había encontrado y alguien del kibutz lo descubrió, entonces llevaron a Alias-Ari al comedor para juzgarlo, pero cuando empezó el juicio llegó el comandante de las fuerzas navales y dijo que el curso terminaba en ese mismo instante.

Hubo un gran revuelo. Metimos nuestras cosas en los petates que nos habían dado, que habían sido robados en un campamento del ejército británico, y nos mandaron a formar rápidamente. El comandante se puso rojo de emoción, sacó una pistola y disparó una vez al aire. Cantamos el himno del Palmaj y subimos a los camiones. Unos fueron conducidos a Haifa para formar la armada y el resto, que éramos nosotros, a tomar Givat Olga. Se veía a los británicos zarpar en sus lanchas rápidas y a los árabes de algún pueblo correr hacia la colina. Les disparamos, no sé quién ni desde dónde, parecían huir, hubo un breve combate, también yo disparé, me dolía la mano, y entramos en Givat Olga. No tenía ni idea, ni la tengo ahora, de lo que hacíamos allí. En Givat Olga encontramos paquetes de queso Cheddar inglés bastante fuerte y galletas británicas, e hicimos prácticas. Fuimos a Sdot Yam para navegar un poco más en nuestras barcas y un hombre llamado Hasid y su compañero Hajam nos enseñaron qué tipo de enemigo astuto nos esperaba en el mar. Quizá también comimos algo de pescado que Alias-Ari pescó.

Creo que después, o posiblemente antes, salimos a hacer algunas pequeñas operaciones que no pasaron a la historia, Alias-Ari vendió la estatuilla y quiso pagarme y yo le dije: déjame en paz, y creo que hasta tomamos por unas horas un pueblo medio abandonado en la entrada de Wadi Ara y luego nos fuimos. Participamos en algunas escaramuzas insignificantes. Por las noches soñaba con chicas, pero no sabía cómo se sueña con chicas desnudas porque nunca había visto a una chica desnuda.

Se dio la orden de ponernos en marcha, hicimos el petate y nos dirigimos a Sharona. Sharona, que en mi infancia era una colonia alemana reverdecida, se convirtió en un campamento militar cuando los alemanes fueron expulsados por los británicos. Ahora también los británicos se habían ido y nosotros la liberamos para el pueblo de Israel. En mi infancia, comprábamos allí mantequilla y cuajada. Hacían un buen vino y aceite de oliva, sabían de muchas cosas y algunos se hicieron nazis. Cuando vivía en Kiryat Meir, en lo que entonces era un páramo, organizaban marchas y árabes de Sumeil llegaban disfrazados de alemanes. Los británicos los mandaron a todos a Australia. Pero ahora los británicos se habían ido. Aún persistía su penetrante olor en las bonitas casas alemanas. Alias-Ari encontró condones y, en cuanto podía, los vendía caros y explicaba que se trataba de una ganga porque eran de Inglaterra, no como los condones de Eretz Israel, todos llenos de agujeros.

Nos metieron en una vieja y bonita casa de estilo alemán y nos subieron al desván contiguo al antiguo lagar. Nos instalamos en una gran sala con vigas en el techo y empezaron a llegar camiones cargados de cajas. Las cajas contenían armas y municiones. Habían llegado aquella misma mañana en el barco *Nora*. Se trataba de armas checas que en su momento habían sido fabricadas para la Wehrmacht pero que, cuando terminó la guerra, se habían quedado en los almacenes, y los rusos, que fueron los primeros en apoyar la fundación de un Estado judío, dieron órdenes de enviarlas a Eretz Israel. Fueron trasladadas ilegalmente y después comprendimos que, si el *Nora* no hubiese sido enviado con Efraim Ilin, habríamos perdido la guerra en Jerusalén por falta de armas. El barco trajo decenas de miles de rifles y montones de munición, algunas metralletas y bastantes ametralladoras.

Nos quedamos en el desván desmontando las armas. Limpiamos la grasa con gasolina. Nos estallaba la cabeza por el fuerte olor de la gasolina y por la nube de gases que caía sobre nosotros. Bajamos a comer algo. Apareció un hombre joven vestido con traje y corbata, y dijo que le habían enviado con nosotros, que su nombre era Yehoshúa pero que para abreviar le llamaban Simón, y decían que era cantante de tangos en el casino del barrio de Bat Galim, que se encontró a una chica y le dijo que quería trajinársela y ella aceptó, pero cuando estaba en plena faena ella le dijo que debía casarse con él y él, que ya se había dejado llevar, se casó con ella porque a un polvo debía seguirle una boda y le dio un hijo. Un día iba caminando con él y le escuché llorar por su matrimonio y encontré una vieja muñeca rota, al parecer de una niña alemana, con los ojos amarillos y brillantes. De pronto me puse triste por aquellos alemanes que habían vivido aquí tantos años y por los árabes de Sumeil, que organizaban marchas nazis en Kiryat Meir con sus señores alemanes, que fueron expulsados; entonces sentí una especie de ahogo amargo y me quedé dormido.

Durante tres días seguimos limpiando las armas. Para no dormirnos cantábamos «Ella vendrá sin pijama vendrá, ella vendrá sin pijama vendrá, ella vendrá sin pijama vendrá, ella vendrá sin pijama vendrá» y «Ella tiene una pierna atornillada y la cabeza clavada / y la mano en la pared deja colgada» y «Durante cientos de años comimos pitas y bebimos café turco / hasta que llegaron los Ben Guriones, los Shartoks y los Waizmannes / y dijeron que Palestina les pertenecía / y que empezásemos a caminar hacia el desierto de Arabia».

Ajustamos las armas siguiendo las instrucciones de uno que decían que era comandante y que parecía poco mayor que yo y las sacamos fuera. Era un día lluvioso, los campos de frutales desprendían un agradable olor, en la lluvia se oyó un ligero llanto y una princesa con pantalones cortos pasó delante de nosotros y dijo: qué, vosotros sois los grandes combatientes, quiénes sois para ser combatientes, quiénes creéis que sois, y no sabíamos lo que decía porque no utilizaba signos de interrogación ni de admiración. Por aquellos días los signos de interrogación eran muestras de inteligencia. Los titulares de los periódicos no daban noticias, sino que hacían preguntas: ¿estallará la guerra? ¿Nos apoyará América? Y ella dijo: sois unos niños mimados, empieza una dura guerra, como no estáis preparados, ahora mismo vais a la casa azul junto al limonero, recibiréis un rifle y una caja de munición cada uno, y no juguéis con el arma, os vais a dormir como buenos chicos y pasado mañana vendrán a buscaros; es una orden.

Por la mañana me di cuenta de que Alias-Ari había desaparecido. Yo ya había aprendido que no había que preguntar por él. Me dirigí a una vieja casa donde alguien del curso había hecho tortillas y café, creo que era del jocoso grupo de veteranos, del que no quedaría nadie con vida unos meses más tarde, tampoco aquel, que en paz descanse, que puede que se llamase Naftuli. Y encontré en el bolsillo de mi abrigo una nota: «No te preocupes. No preguntes. Volveré. Ni una palabra sobre mí. Ari».

Por la tarde nos reunieron y apareció un chico nuevo que dijo que era el comandante de nuestro batallón, que se llamaba Cuarto Batallón y del que nosotros formábamos parte porque las fuerzas navales eran parte de ese batallón desde hacía mucho tiempo y era un batallón magnífico. Yo no sabía en qué era magnífico. El chico habló de la guerra, de las ofensivas, de las matanzas, de la reacción, de la pureza de las armas y de cómo había castrado a un árabe junto al Jordán, de los jóvenes que habían caído en el camino de Jerusalén, y hacia allí nosotros ponemos, eso dijo, nuestros pasos.

Por la noche no pude dormir. Alias-Ari no regresó para arroparme. Yo era joven. De pronto estaba desmontando rifles, contando balas y limpiando espejos y cañones de armas, y añoraba mi cama y mi casa, que estaban a un cuarto de hora andando de Sharona. Miré por la ventana las luces de Tel Aviv y de pronto Alias-Ari despuntó por alguna parte. Fue por el maestro Blich por quien aprendí el significado de despuntar. Me ponía suficiente en las redacciones y mi madre, que daba clase en el mismo colegio, me dijo que las adornase un poco, así que estudié palabras del diccionario. Con despuntar me puso sobresaliente. Y Alias-Ari despuntó y me dijo: ya estoy aquí. Me alegré, porque él me interpretaba esos momentos en que yo no sabía quién era ni qué hacía en aquel lugar donde grandes hombres hablaban de disparos, de muerte y de lucha.

Fuimos juntos a una casa verde y vacía, donde habíamos quedado en encontrarnos para ponernos en marcha. Había muebles de oficina del ejército británico. Alias-Ari sacó dinero del bolsillo y dijo: he hecho dinero. Le pregunté cómo. Dijo: es para los dos. Le dije: Ari, ya te lo he dicho muchas veces, no hagas dinero para mí, hazlo para ti. Él se rio y entonces se puso serio, recuerdo cómo su rostro se volvió sombrío y susurró: eres un caprichoso. Te lo han dado todo. Tu padre con Beethoven y el museo y todos los discos y tú con Shlonsky y Tchernijovsky y todo eso, y tu madre, la maestra, sala de profesores, café por la tarde, yo crecí en las cloacas y tengo buen olfato para las cosas y me río de alguien como tú, pero sabes una cosa, nada más conocerte te odié porque eras un niño bien de Jerusalén que venía de Tel Aviv, pero nunca te olvidaré en la barca que se hundió, con lo de la *Enciclopedia juvenil*, y lo confuso que estabas, pero también fuiste valiente. Aún eres un niño mimado. Te dolió ver a los árabes huir de Cesarea. Mira, escúchame, no llegarás a nada. No estás lo bastante hambriento como para vivir en este mundo. Yo iba por las noches en el carro de mi padre por la calle Allenby mientras él robaba tuberías de las casas en construcción y yo robaba frascos de colonia en las tiendas que estaban cerradas y se los vendía a las putas del Berale en la calle 3, ¿y tú que hacías? Beethoven.

Se levantó, encendió un cigarro para mí y otro para él y me contó que los pilotos de los Primus llegaban a los terrenos del Centro de Exposiciones situado al norte de Tel Aviv, junto al lugar al que regresamos con la barca, junto al estuario del Yarkón. Conseguían bombas para los aviones de un tal señor Wilenchuk e imploraban por más bombas, pero no tenía suficientes. Seguí a Wilenchuk, un hombre agradable que caminaba hacia el Yarkón, y allí, en una choza árabe abandonada, vi cómo supervisaba la fabricación de las bombas. Me oculté entre los árboles y grité: ¡un ataque!, ¡un ataque! Y realmente hubo justo entonces un ataque, como si Dios trabajase para bastardos como yo y no para Beethovenes como tú, y el ataque ocurrió bastante cerca de allí, en el jardín Hawaii, y murieron varios muchachos. En aquella pequeña fábrica todos eran obreros, no de la Haganá, tan solo gente que iba a trabajar, y se arrojaron sobre las bombas para protegerlas, para proteger las bombas, no para protegerse a sí mismos. Entonces entré a hurtadillas y cogí prestadas diez bombas que Wilenchuk iba a repartir entre los pilotos.

Conduje hasta un bosquecillo en el Yarkón, donde

una vez me follé a una chica llamada Heshkovitz, y fui hasta donde estaban los pobres pilotos implorando que les diesen más bombas porque no había bastantes, y les dije: os vendo cada bomba por media libra, y ellos se emocionaron, me abrazaron, compraron las bombas y volaron con sus ridículos Primus, luego dejé el dinero en mi escondite, en el barrio de Shapira, no muy lejos de aquí. ¿Y ahora qué? ¿Vamos a la guerra? He oído que hay mucho dinero en los pueblos árabes. Oro. Los árabes esconden oro en los botijos. No volverá a pasar como en Cesarea con el imbécil ese del comandante. Los árabes no creen en los bancos. Todo su oro y su plata está en botijos con serpientes, para atemorizar a gente como yo que no se asusta por nada.

Mientras Alias-Ari estaba hablando, llegó la mujer carente de signos de interrogación y repartió postales y lapiceros y fuimos conminados a escribir una postal a casa. Dijo que se podía escribir cualquier cosa pero no dónde habéis estado antes ni dónde estáis ahora. Diez minutos después recogió las postales y tachó con un rotulador negro palabras que le parecían peligrosas. También en mi postal encontró varias palabras que debían tacharse. El resultado final de la postal fue este: Hola, papá, mamá y Mira, ... salimos... Veo... Nos veremos cuando... Os echo de menos... Saludos a Amikam... Un abrazo, Yoram. Fue la única postal que lograron recibir mis padres hasta que volví a casa aquel día en mitad de la guerra, cuando dos muchachos fueron acribillados dentro del vehículo blindado y llevamos a Abba Eban a Tel Aviv.

Al día siguiente nos subieron hacinados a unos camiones. Alias-Ari compró por diez céntimos un asiento al lado del conductor. El comandante fue a sentarse junto al conductor, porque era comandante, pero Alias-Ari dijo que ya estaba él sentado, el comandante se enfureció y todos oímos las voces que daban, entonces otro oficial que estaba allí dijo que eso era el Palmaj y que no había privilegios y el comandante dijo: pero este mierda ha comprado el sitio y eso tampoco es nada propio del Palmaj, y el conductor dijo: qué pasa, yo no soy del Palmaj, yo soy de la Histadrut.

Viajamos por un camino de tierra, nos íbamos hacia los lados y caíamos unos encima de otros. Uno le vomitó a otro encima y este le pegó, otros cantaron «Ella vendrá sin pijama» y, al final del camino, cansados, con pinta de cadáveres, salvo Alias-Ari, que terminó como recién planchado y tan contento, entramos en un kibutz que dijeron que era el kibutz Hulda. Nos tumbamos en algún sitio, no recuerdo dónde, lloviznaba y limpiamos las armas. Nos dieron pan, sardinas y tomates y oímos disparos. Supusimos que los que habían salido antes que nosotros se encontraron en medio de una batalla que al parecer se estaba librando cerca de allí. Nos dijeron que fuéramos, vete tú a saber hoy adónde; había un bosquecillo y una colina y en ella tal vez había una lápida y un ciprés que se me grabó en la memoria, un ciprés muy bonito y noble, penetraba en el cielo, que parecía estar bajo a causa de la niebla. Corrimos hacia la colina, allí había cadáveres. Se oyeron más disparos. No había ningún oficial con nosotros. Alias-Ari tomó el mando y gritó que fuéramos por aquí o por allá y vimos cientos de árabes abalanzándose hacia nosotros, corriendo, disparando y gritando y Alias-Ari dijo que tanto nuestra planificación como la suya eran pésimas porque nadie sabía qué hacer.

Entre tanto proseguía el combate en la colina y aún no se había establecido comunicación entre las dos batallas, la nuestra y la de la colina, y algunos camiones con comida para Jerusalén fueron saqueados por el camino y algunos vehículos blindados alcanzados. De uno de los blindados llegaban gritos, el fuego era intenso, yo no tenía ninguna experiencia, no sabía cómo silbaban los proyectiles, no llegué a tener miedo porque todo parecía como una película y entonces el comandante del blindado donde todos los soldados habían sido heridos gritó que no podía más, que corría la sangre, había muertos y los demás estaban heridos y que a él no lo harían prisionero para torturarlo. Y «Adiós, amigos, se acabó». Y el vehículo blindado con sus heridos explotó, se elevó una columna de fuego y reinó el silencio.

Los árabes huyeron para reorganizarse. Algunos de nuestros combatientes venían de los centros de preparación agrícola y habían traído instrumentos musicales que cayeron entre las bombas. Oí una flauta tocando sola frente a algo que tal vez era una metralleta. Luego dormimos como cachorros. Hacía frío. Dormimos sobre la hierba. Cada uno agarrando el rifle con la esvástica grabada. Los camiones de la comida estaban a la sombra de los árboles. Se oyó un ruido. No había comida. Repartieron un poco de agua. Algunos habían traído cosas de casa, pero los oficiales les quitaron a todos lo que no era necesario para los combates y dijeron que a las seis, acabada la guerra, se las devolverían en la plaza Mugrabi, junto a la cabina de teléfonos.

Cada uno recibió veinticinco balas. Moshé Katz dijo que había llegado el día decisivo y recuerdo que pensé que desde que estaba en el Palmaj no había dejado de oír que ese era el día decisivo. Intenté caminar y me caí y vi árabes abalanzándose hacia nosotros. Algunos de nuestros combatientes fueron trasladados para disparar desde el otro lado del bosque y nosotros regresamos al vehículo carbonizado.

Los soldados muertos de su interior fueron tendidos en fila en el suelo. Estaban destrozados y parecían pedazos de carne expuestos en una carnicería. Luego los enterramos. Si no recuerdo mal, aquel fracaso escoció. Murieron unos veinte hombres. Había una profunda tristeza en el aire. Dos días más tarde comenzamos de nuevo. Una caravana de vehículos blindados y de camiones permanecía en la oscuridad esperando la orden y sonaba como un gran tren calentando motores. El comandante vino a decirme que había oído decir a mis compañeros del curso número 9 que yo veía en la oscuridad. Dije que era cierto. Dijo: ahora vas a hacer algo por la nación, y me puso delante de la caravana. Recibí la orden de echar a andar. Caminé por la carretera destruida mientras detrás se movía en silencio una gran caravana de camiones y vehículos blindados y yo estaba allí para asegurar que no hubiera cables de minas atravesando el camino. Encontré varios cables, señalé con la mano y enseguida vinieron a explosionar las minas.

Había que ser un completo idiota, y más que eso, para caminar por campos minados y creer que lo hacía por la nación, a la que nunca conocí personalmente. Cuando llegamos a donde fuera que llegamos, se acercó a mí el comandante, no recuerdo quién era, pero sí recuerdo que cayó poco tiempo después, y dijo que me había portado bien y me dio un cigarro redondo, esos eran los mejores. Normalmente, cuando había cigarros, nos daban siete redondos o veinte Latif planos. Fue agradable fumar ese cigarro redondo con tabaco Virginia.

Luego llegamos al cruce. Despuntó el alba, como le gustaba al maestro Blich, subí a uno de los vehículos y viajamos en caravana hacia Jerusalén. Por el camino nos dispararon. Respondimos a los disparos. Puede que aún no hubiese digerido que antes, por el camino, había sido un muerto andante para que los demás viviesen. Llegamos a la caseta de la última bomba de agua de Bab el-Wad y descansamos. Volvieron a disparar. En esa ocasión corrimos montaña arriba, disparamos a una banda que dejó tras ella cigarros, que recogimos, e hirieron a uno de los nuestros. En un muerto árabe encontraron un mapa de Kiryat Anavim dibujado a bolígrafo. Uno dijo: no sabía que los árabes supiesen dibujar. Dijeron: sí, pero en árabe. Dijo: ¿qué árabe? El árabe se habla, no se dibuja.

Regresamos y la caravana siguió su camino. Me subieron a un camión de alimentos y dijeron que desde ese momento yo era un escolta. Me senté entre dos sacos de harina y hubo algunos disparos, pero nada del otro mundo. En Kiryat Anavim descargamos parte de las provisiones y continuamos hacia Jerusalén. El camino era mísero y estrecho. En la séptima curva de Motza el camión chirrió. El conductor murió de una ráfaga procedente de Qalunya y el camión empezó a zarandearse. Alguien bajó de un salto a la cabina, pisó el freno, subió al conductor muerto entre nuestros sacos de harina y murió de un balazo. No había nadie que supiera conducir, y uno que había estado con nosotros en el curso número 9 dijo que Yoram había conducido coches robados con Alias-Ari. Yo no tuve tiempo de explicar que jamás había conducido, que había sido Alias-Ari quien conducía, y me metí en la cabina del camión. Recordé que se levanta el pie del freno y pisé el embrague, el motor rugió, agarré aquel enorme volante, el camión tembló, porque habían explotado dos neumáticos, y conduje sobre las llantas. Avanzamos durante una hora, puede que hora y media. No sé cómo. Nos disparaban todo el rato y una bala destrozó el gran espejo de mi izquierda, así que no veía lo que tenía detrás, ya que el retrovisor de encima del volante también estaba roto. En Qalunya, antes de la séptima curva, conduje despacio. No tengo ni idea de cómo es que supe conducir. No tenía contacto con los muchachos de arriba a causa a los espejos rotos, pero sabía que ellos estaban disparando y oí el grito de una mujer que al parecer había sido herida. De pronto me di cuenta de que aquel grito tan digno y delicado procedía de la hermosa hija de Ernst, el amigo del alma de mi padre Moshé, a quien después visité en el hospital de Jerusalén antes de que yo mismo fuera herido y hospitalizado. Después de aquello, Rut, la encantadora rubia de la que yo estaba enamorado de pequeño, cojeó durante toda su vida.

Llegamos a Jerusalén. No sabíamos qué día era. La ciudad estaba hambrienta de pan. Nos aplaudieron. En los barrios ultraortodoxos izaron banderas blancas de rendición y nos lanzaron piedras. Me enfurecí. Junto con Alias-Ari, que bajó del segundo camión, golpeamos a algunos de los que lanzaban las piedras. Nos insultaron en yiddish y gritaron «*Shabbes*», «*Shabbes*».* Alias-Ari le dio a uno un puñetazo que lo estampó contra una pared y dijo: eso te enseñará lo que es *Shabbes*.

* Sabbat en yiddish.

12

Bet Yuba, un topónimo ficticio (y por buen gusto y por el amor que lef tenía al hombre del que voy a hablar ahora, también le cambiaré el nombre y le llamaré N.). Había una inmensa ternura en aquel pueblo, situado en medio de un paisaje eretzisraelí que ya no existe, en la ladera de una montaña sombreada por suaves tamariscos, azufaifos y cipreses de espesas copas. Era un pueblo que en el pasado había visto duras batallas. En nuestra guerra, después de las guerras de los romanos y los cruzados que se evaporaron de nuestra tierra, nosotros sí salimos victoriosos de allí.

Uno de los nuestros, a quien conocía pero cuyo nombre no recuerdo, estaba colgado de un árbol, cortado en pedazos atados con cuerdas y con la polla metida en la boca. N. se detuvo frente a su compañero despedazado y su rostro se llenó de ira. Tenía el pelo tieso de suciedad, su ropa estaba hecha jirones y llevaba cada zapato de un color porque se los había cogido a dos muertos distintos. Al parecer gritó, pero no lo oímos, porque puede que ya hubiésemos entrado en el pueblo y estuviésemos tumbados a la sombra de una casa bajo una higuera o limpiando las Stens y los rifles o buscando discos árabes para llevarnos, o puede que sí oyésemos sus gritos pero no nos importase demasiado.

Antes habíamos subido a la montaña, habíamos disparado y cantado. Cantamos «Subimos y disparamos» y uno con un megáfono gritó a los árabes para que evacuasen la zona. Los oficiales que nos habían enviado no estaban allí. Seguramente estaban durmiendo en la pensión de la casa Fefferman, en el camino de Maalé Hajamishá, o quizá estuviesen oyendo las canciones de los discos que llevamos nosotros hacía unos días.

Al fondo, Jerusalén surgía de la niebla que cubría toda la cima de la montaña. En la gran casa junto a la que nos tumbamos, vimos a un anciano árabe sentado con las piernas cruzadas sobre una vieja manta y tapando con su chilaba un cuerpo rodeado de moscas. En sus ojos se veía una pequeña sonrisa, una especie de desdén dolorido y desafiante, o tal vez solo se sentía traicionado por sus comandantes elegantemente vestidos que habían hecho el papel de grandes héroes pero enseguida habían huido como alma que lleva el diablo. Al parecer era una especie de llanero solitario que intentaba ganar una guerra con ayuda de una sonrisa de desprecio. Nahum gritó: hay que matar a todos los de este pueblo, aquí hasta los gatos son árabes. La sonrisa del árabe parecía haberle afectado. Salvo una bala en el cuerpo que yacía allí, no vimos mucho.

N. caminó de nuevo hacia el cadáver, espantó los cuervos que habían empezado a graznar junto al árbol y miró un rato a aquel joven, un buen amigo suyo que ahora estaba colgado con la polla en la boca. Le quitó los zapatos, se los probó y el árabe que estaba sentado con las piernas cruzadas se levantó y echó a correr. N. cogió los zapatos y se los lanzó a los cuervos, que iban llegando gordos y saciados de una batalla librada en otro lugar, no muy lejos de nosotros, de donde vimos humo elevándose, y comprendimos que también allí había muertos. El olor de la batalla lejana se mezcló con el olor a muerte de ahí, disparamos al árabe que huía, pero no le dimos. Yo no tenía una Sten sino una Thompson americana que «tomé prestada» a un soldado jordano que había muerto en gran medida gracias a mí: fuimos a volar una casa con cinco bolsas de TNT y, cuando activamos el detonador, la casa se desplomó con una elegante pirueta matando a un hombre, allí encontré el arma. La cogí, pregunté qué tipo de balas necesitaba para una Thompson y dijeron que sí teníamos, entonces se convirtió en mi arma particular y la Sten se la di a otro.

Volví al patio y miré a N., que estaba entrando en la casa. Entró por la ventana y de pronto vi a alguien más allí que parecía ensimismado. N. estallaba de hostilidad, de un odio terrible y casi divino, uno no podía verlo a través de la capa de aversión que cubría su rostro y recorría su cuerpo hasta cubrir incluso sus manos y sus pies. Un cuervo se acercó a nuestro árbol y uno de los muchachos que estaba tumbado debajo de la higuera lo mató.

Me quedé fuera junto a la ventana, algunos compañeros se unieron a mí y vimos que cerca de allí, en un rincón sombrío, estaba tendido el cuerpo que el árabe había tapado anteriormente, antes de huir. En ese momento, de algún escondite, salió corriendo una mujer con un precioso vestido beduino, debía de tener unos cuarenta años, tal vez menos. Estaba cubierta de sangre negra, como es realmente la sangre, se arrodilló como se arrodillan las árabes, como las bailarinas de Greta Kraus, sollozó y gimió palabras entrecortadas. N. enmudeció, su boca se selló, sus ojos casi se cerraron y yo me asusté al verlo. Bajó su Sten, alzó la vista, nos vio parados junto a la ventana y sonrió con desprecio. Clavó en mí una mirada llena de odio.

N. me quería desde que éramos unos críos, pero seguro que pensó que había traído conmigo mi puta justicia, a mi padre con su Beethoven, Hashomer Hatzair con su Estado binacional. Y a la mujer árabe que estaba de rodillas la odiaba con aterrador silencio porque de los árabes, decía, no te puedes fiar, ni siquiera de los muertos. Alguien gritó que también los árabes muertos vuelven después con el asesinato en los ojos, N. gritó y la mujer lloró amargamente, y entonces entró en la gran habitación una anciana marchita, con la piel seccionada por rayas azuladas y ajada por el sol, y la mirada, llena de asombro. Tenía los ojos profundamente hundidos en las cuencas. Dejó escapar unas sílabas estridentes. Parecía la estatua de una mujer de cara enrejada, cicatrizada por líneas azules. Miraba desde unos ojos hundidos, con expresión de asombro, y también ella soltó un rugido.

Entré. El horno desprendía un fuerte olor a ceniza y a pan quemado. N. golpeó con dureza a la anciana y gritó algo incomprensible, entonces ella se desplomó y, con la fuerza de la caída, el cuerpo del muerto se agitó. La joven se plantó de un salto frente a N., en sus ojos había chispas de odio, y le escupió a los ojos, él la miró, se limpió el escupitajo lentamente, como si se deleitase con el momento, clavó en mí la mirada y me sonrió. Le arrancó el velo y lo metió en la boca de la anciana, esta carraspeó con desprecio, parecía que sus ojos intentaban escapar, pero ella no logró siquiera levantarse y él gritó: todas las mujeres árabes son medios de producción de asesinos y tú, comunista de mierda, de la fraternidad de los pueblos, mira bien la camisa verde de Rafi, su camisa verde es lo que lleva puesto el árabe ese, se la di a Rafi ayer mismo y ahora ese árabe de ahí la lleva puesta y Rafi está muerto, con la polla en la boca.

N. sacó un cuchillo romo de zapador destinado a rajar las bolsas de TNT y empezó a clavárselo a la joven. Todo el grupo, incluso los que antes se habían quedado fuera a la sombra de la higuera, permaneció en silencio junto a la pared cuyas ventanas daban al árbol. Me lancé a ayudar a la mujer. Todos ellos vieron lo que yo trataba de hacer y me retuvieron a la fuerza. Dijeron: ¿qué te pasa? Es tu amigo, ¿no? Deja que expulse su rabia. Dije: que no la mate, y ellos gritaron: ¿él?, ¿ella?, ¿qué importa ya? Jinjy me agarró con la terrible fuerza que tenía en las manos y N. me miró y se rio, vete a tocarles Bach con tu inteligente padre, niño mimado de los cojones, pedazo de mierda del Hashomer Hatzair, ¿qué tal duermes por la noche con todos los árabes que tú mismo has matado?, ¿qué pasa, que los árabes a los que tú has disparado no son de la fraternidad de los pueblos?, ¿esos no son tus hermanos, jodido pedazo de mierda? ¿No son binacionales? ¿Y qué hay de Abdel Kader al-Husseini en El Qastel?

Como un idiota, dije: pero no fui yo quien lo mató,

fue uno que estaba conmigo en la montaña quien le dio, yo disparé pero no le di. Al decir eso comprendí que tal vez me habría gustado ser el que mató a Abdel Kader al-Husseini en El Qastel, y me avergoncé de mí mismo, y también me dolió la terrible banalidad de la muerte. N. dijo con desprecio: disparaste y no le diste. Seguro que querías limpiarle el culo con la fraternidad de los pueblos.

La mujer siguió gritándole a N. ¡*Jabbar*!, ¡*Jabbar*!* y, como para enfurecerlo, logró sacar el trapo de la boca de la anciana. N. le propinó un golpe afilado, de samurái, como habíamos visto en una película hacía unos meses, entonces chilló de placer, estampó a la mujer contra el suelo, haciendo que le brotara sangre de la boca y de los ojos, y gritó: mira cómo se desploma, mira cómo mueren los árabes, así caen, despacio, despacio, solo los judíos mueren de pie o despedazados en un árbol.

La puerta de atrás se abrió y un niño pequeño, de unos ocho años, entró corriendo. Tenía el vientre hinchado y una nube de moscas rodeaba su pelo como una corona. Me quedé atónito y desconcertado. N. atrapó al niño aterrorizado, cuyo rostro, bajo la suciedad y el tizne del horno, no recuerdo bien después de más de sesenta años, creo que era bastante hermoso. El niño se echó a reír de puro nervio, parecía asustado, y N. lo apretó con fuerza contra su cuerpo y gritó: ¡mira cómo apesta este pequeño árabe! La anciana gimió y yo le grité a N.: no lo toques, solo es un niño, ten compasión, y N. gritó: ¿qué?, ¿te da pena, muñeca?

---

* En árabe «tirano», «opresor».

Con una mano agarró al niño y con la otra le acercó el cuchillo al cuello, pude ver cómo le temblaba la mano y la fuerza con la que lo agarraba. El niño chilló y N. se rio de una forma extraña y me dijo: ¿le cantas «Un nido para el pájaro entre los árboles»?, ¿no dijiste que le preguntaste a tu madre la maestra cómo podía haber un nido entre los árboles?, ¿es que Bialik, el poeta nacional, no sabía que no hay nidos entre los árboles, solo en los propios árboles? Un nuevo espasmo salió de la parte de su alma que había crecido con árabes en la colonia agrícola y gritó: ¿qué pasará dentro de diez años? Este encanto de niño crecerá, irá a su casa, cogerá un fusil, se dirigirá al patio de tu casa y se sentará entre los árboles, y tu padre y tú le silbaréis a Beethoven y él os disparará en los huevos, si es que tenéis huevos.

Grité: déjalo ya, el cuello del niño ya estaba rojo, y Jinjy me gritó: Yoram, eres como un niño, deja en paz a N., está enfadado. Y yo, que he querido a N. durante mucho tiempo, antes y después de aquello, me estremecí. Me inundó una ola de ira y remordimiento. Apunté a N. con la Thompson y dije: deja al niño o te disparo.

Me caía un sudor frío por la frente. Tenía sed. Los muchachos permanecieron junto a la pared en silencio. Me meé en los pantalones y la Thompson temblaba. N. se echó a reír. Escucha, lameculos de los árabes, si disparas al niño, yo no lo degüello y, si no le disparas, degüello también a su madre muerta, que puede que no esté muerta. Le dio una patada. Ella se agitó y él dijo: la muy puta no está muerta, mira cómo caen sin honor los árabes. Y tú, mata de una vez a tu pobre niño. Dos minutos. Si no disparas al niño, empiezo con el cuchillo.

Todos permanecieron a la espera. Yo estaba allí con

todos mis diecisiete años y medio apuntando con la Thompson a N. Apunté bien, sentí la tensión, las manos ya no me temblaban, sabía que yo tenía razón, esa despreciable razón fortaleció de un modo desconocido mis músculos, oí la sangre fluyendo por las venas y pensé en mi padre y en mis compañeros de Hashomer Hatzair con su Estado binacional, que por aquel entonces, y también ahora, era para mí la única solución razonable, pero con la que no podía vivir, y apunté a N. y se oyó un disparo. Se levantó una nube de polvo, N. siguió en pie sano y salvo mientras que el niño cayó, primero como una mariposa y luego como una piedra. La bala apuntaba a N., sé que le apuntaba a él, pero quien murió fue el niño. Yo no era el mejor tirador del mundo pero tampoco era malo, y la distancia apenas era de algo más de dos metros. El pan apestaba en el horno. Por la ventana vi un perro corriendo y una hoguera apagada y viñas y un tamarisco inclinado y más allá montañas, y vi Bab el-Wad, en cuyos montes nos enterrarían al morir. Apagué el horno con un cubo de agua que había por ahí, cubrí el cadáver del niño con una manta manchada de sangre, le besé, acerqué a su madre hasta él, la tapé con mi abrigo de paracaidista y salí de allí.

Me uní a mis compañeros, que habían vuelto a tumbarse bajo la sombra del árbol. Nadie abrió la boca. N. salió temblando e intentó abrazarme, yo me lo quité de encima. Nos miraban, esperaban algo, no sé el qué.

Después regresamos a Kiryat Anavim. Enterramos a dos muertos, incluido Rafi, el que estaba colgado del árbol, yo entré en la tienda de campaña, salí y fui a ver a uno de los altos oficiales, si es que se les podía llamar así, y le conté lo que había pasado y lo que pensaba. Me preguntó quién había sido. Dije que eso no se lo diría. Intentó entender lo que le decía. Por alguna razón no lo logró y no comprendió que yo había asesinado a un niño. Los altos oficiales apenas conocían a los combatientes, que morían sin nombre. Los soldados rasos callaban, seguían luchando y muriendo, y los oficiales, excepto algunos, estaban ocupados en ser oficiales.

Tras un día sobre la hierba, no sucumbí a la apatía y cité a N. ante la justicia. ¡Qué justicia! Entonces no había un Estado de verdad. Éramos partisanos. Llevé a todos al césped. Vino Beni Marshak, que no estaba muy convencido con todo aquel jaleo, pero que entendía que como comisario político debía acceder a mi petición, y dio la orden de celebrar el juicio. Y entonces, sin ganas, todos se pusieron a fumar y yo conté lo que había sucedido. Se compadecieron de mí por ser tan estúpido. N. sonrió y no dijo nada. Cuando terminé de hablar, él se levantó y contó una historia. Era el mejor narrador de historias que he conocido. Contó que, al lado de la colonia agrícola donde vivía, había un kibutz del movimiento Hashomer Hatzair cuyos integrantes querían la fraternidad de los pueblos e invitaban a los árabes a asistir a sus fiestas en el comedor. Bailaban con ellos. Los querían. Hablaba como los actores Aaron Maskin y Meir Margalit juntos. Cuando contaba cómo pelaba un pepino se nos caía la baba. Y prosiguió: había un árabe que era el más simpático, se llamaba Jamil. Los majaderos integrantes de Hashomer Hatzair besaban a Jamil, por el futuro y por la fraternidad de los pueblos, lo llevaban a sus tiendas de campaña, le daban de comer lo mejor que tenían e intentaban enseñarle a leer para llevar la cultura a los oprimidos. Entonces estallaron los combates y una banda atacó el kibutz y ¿quién creéis que estaba al frente? Jamil. Él conocía cada camino y cada tienda de campaña. Aquella fraternidad de los pueblos los condujo a las tiendas. Fue una fraternidad de los pueblos cojonuda, *ala kef kefak*.

N. era un gran narrador de historias, un brujo de una tribu primitiva, y tan astuto, que todos se rieron y me llamaron Jamil, e incluso hoy día hay quien me ve por la calle y me dice: qué hay, Jamil, y me abraza.

Luego seguimos cantando. Nadie del pelotón, ni siquiera N., contó nunca quién de nosotros había matado al niño en Bet Yuba. Tampoco yo quise recordar aquello. Pregunté a quienes quedaron con vida qué había ocurrido y dijeron: basta Jamil, no ocurrió nada, está escrito expresamente no matarás a un niño junto a la leche de su madre,* y si así está escrito por Moisés, ¿por qué iba a morir nadie?

Después de la guerra, aquel niño se convirtió en un icono para mí. N. me dijo: eso no es lo que importa, Yoram Kaniuk, así me llamaba siempre, lo que importa es que hay un Estado y que lo fundamos con sangre, y es cierto que hubo momentos duros, pero estábamos agujereados como un queso suizo y ¿sabes cómo se hace un queso suizo? Cogen agujeros y los cubren de queso. ¿Y quiénes éramos nosotros? Éramos muertos vivientes, éramos agujeros de *bagels* y agujeros de queso, ¿qué más da un niño más o menos?

Le dije: pero yo le maté, y él dijo: no tienes certeza de ello. ¿Entonces quién mató al niño? ¿El profeta Elías?

---

* Alusión a una de prohibiciones alimenticias citada en Deuteronomio 14,21: «No cocerás un cabrito en la leche de su madre».

Dijo: perdiste bastante sangre, te metieron balas en el cuerpo, alégrate de estar vivo. Tu poeta Alterman escribió: «No digas: del polvo vengo. / Vienes del vivo que cayó en tu lugar».

He citado aquel duro episodio decenas de veces. No he hablado del olor caliente y angustioso que había allí. Del olor de la sangre. De la vergüenza. Del dulzor de los higos aplastados. De la mañana brumosa con aroma a jazmín. No he contado que inmediatamente después me afeité la cabeza con una vieja navaja que me hizo profundos cortes y que ninguno de los muchachos dijo ni una palabra sobre mi horrenda calva. Lo que sabían lo callaron. Yo sabía. Y también callé.

Después hubo otras batallas, no había tiempo de dormir. Ahora, mientras escribo estas cosas, estoy muy viejo y tengo la mente vacía. Soy el agujero de un *bagel*. No recuerdo más de lo que estoy escribiendo aquí, y tal vez parte de los recuerdos los he ido inventando con los años. Sé que luché en Saris, en Bet Mahsir, en El Qastel, en Nabi Samwil, en Qalunya, en el monte Sión, en el monasterio de San Simón y en otras batallas, estoy seguro de que estuve allí, puedo ver con los ojos cerrados aquellos combates, pero no me veo a mí en ellos y no tengo ni idea de quién era ese que estuvo allí. ¿Acaso vi lo que vi? ¿Y dónde estaba ese «yo» que existe hoy con todos aquellos días atesorados en mi interior? Tal vez lo he soñado todo.

Recuerdo que una mañana regresamos de algún lugar cuyo nombre he olvidado y que soplaba un viento frío. Caminábamos por Jerusalén. Los proyectiles de los jordanos, que estaban en las colinas al este de la ciudad, caían continuamente. La gente hoy no sabe cuánto sufrió entonces la ciudad de Jerusalén. En el barrio de Rehavia, dos hombres que estaban en la cola para el agua, detrás de un carro tirado por un caballo que relinchaba, cayeron fulminados. El agua de los tanques se derramó sobre la acera y el caballo se asustó y volcó el carro, la gente intentó recoger el agua de la acera con sus pañuelos y escurrirlos en sus bocas y un niño lamió las losas. Las ventanas de las casas estaban tapadas. Caminamos junto a una casa de donde colgaba un anuncio de la bailarina Rina Nikova en el que decía que iba a actuar en el cine Tzion y que había que llevar velas.

Entonces fui enviado al cuartel general de David Shaltiel, el comandante de la Haganá en Jerusalén. Por el camino, junto a Notre Dame, me detuvo un monje gordo. Me miró con sonriente piedad cristiana y dijo: vosotros hablan bien hebreo, vosotros luchan una guerra perdido, solo Jesús reinará en Jerusalén, y me dio un libro que se llamaba *Luz y felicidad*, para que viera la luz. Me reí, porque qué chaval querría ver luces de monjes. No estuvo bien por mi parte reírme, el hombre parecía desdichado, porque su Dios se encontraba aquí, en un valle tenebroso con el que nada tenía que ver. Le cité a Heine, que escribió: «La Judea vencida infringió una cruel venganza a Roma y envió contra ella a la cristiandad, y así el rugido de sus emperadores se convirtió en un balbuceo de sacerdotes castrados». Mi padre solía citarlo.

Me escuchó impasible, luego dijo que cientos de miles de judíos ya habían visto la luz. Contó que un joven soldado judío presenció por casualidad una ceremonia cristiana y de pronto encontró a Dios, vio la luz, lloró y pidió unirse a la Iglesia, entonces lo bautizaron aquí, en Notre Dame, y recibió la comunión y al día siguiente cayó en una batalla, no de la Iglesia sino vuestra, y fue encontrado cerca del monte de los Olivos con Jesús en los labios y una cruz en la mano y, cuando su familia conoció su historia, aceptó la cruz y se convirtió. Sonreí a aquel hombre dulce, gordo, solitario, que de camino al infierno solía convertir a gente y que de algún modo sabía que yo no sería una presa fácil, pero por qué no intentarlo si tienes a Dios de tu parte. El hecho es que no lo intentó con mucho ahínco. Dije que Heine dejó sus bienes a su esposa a condición de que se casase de nuevo, porque así, escribió, al menos habría un hombre que lamentaría su muerte. El monje gordo se rio. Dijo: ven si quieres. Los fieles esperan. Cité a mi padre, que citaba a Rabi Huna, que decía que, si un hombre comete un delito castigado por el cielo con la muerte, ¿qué hará para vivir? Si solía leer una página, leerá dos páginas, y si solía aprenderse un capítulo, se aprenderá dos, y si no solía leer ni aprender, ¿qué hará para vivir? Se convertirá en líder de la comunidad y en recaudador de las limosnas y vivirá.

El hombre preguntó: ¿es duro luchar, verdad? De repente comprendió de dónde venía yo. Le dije que hacía unos días había visto la cabeza de uno de los nuestros en un palo y que con cosas así realmente no es fácil luchar, Dios no se ve por los alrededores, ni el vuestro ni el nuestro. Y dije que cuando el ejército del rey francés atacó a los cátaros, el comandante del ejército le dijo al rey que no podía arrasar la ciudad porque había también católicos y el rey le dijo: tú mátalos a todos y luego Dios hará la selección. Le dije que lo había leído en uno de los libros de aforismos que siempre me había gustado leer. Él pareció sorprendido.

Caían proyectiles cerca de nosotros, se oían disparos, una mujer gritó o lloró y al parecer él sintió pena por su Dios y me dijo: es el mismo Dios, y yo le dije: el nuestro no puede engendrar un hijo. Me miró triste, quizá con compasión, tal y como Jesús pidió, y entonces se puso rojo y aquel pobre hombre atrapado en la tierra de las guerras y el odio dijo, casi a gritos, Jesús habló con los cojos y los tullidos y con los marginados a quienes los judíos piadosos prohibieron entrar en el Templo, esa fue su fuerza.

Lo dejé y llegué al cuartel general. Creo que estaba en el campamento Schneller. En la entrada de la oficina había un soldado de juguete vestido con un uniforme impecable que quién sabe de dónde habría salido, porque en Jerusalén aún no había ejército, ni había Estado, ni capital de Israel para la eternidad, ni gobierno, y ellos ya se habían confeccionado uniformes y hasta habían cosido galones en las hombreras de las camisas, y uno hizo el saludo militar y yo me eché a reír, entonces me dijo que había una simpática mujer en Jerusalén que había inventado las estrellas para los distintos rangos. Vivía en Najlaot y había visto los distintivos de los británicos cuando cosía para sus generales las camisas y arreglaba los uniformes y añadió que para su comandante, el comandante de Jerusalén al que según parece yo había ido a ver, habían cosido seis estrellas, como para los ingleses que comandaban a los jordanos.

Comprendí que aquel chico no era un soldado como nosotros, sino el asistente de Shaltiel. Su uniforme estaba planchado. Allí todos mantenían las distancias entre ellos. Reinaba un silencio asfixiante. Me hicieron entrar y allí estaba Shaltiel, vestido como un general egipcio, con estrellas. O puede que me confunda y se tratara de otra persona, otro momento. Fuera quien fuese, me reí al verlo, y el general mexicano se levantó y me clavó una mirada furiosa. Le dije que en el lugar de donde venía ya no había muchos soldados vivos y que aún no teníamos uniformes. Hoy no recuerdo para qué fui a verlo ni cuál era la misión que me habían asignado, pero aquel escenario, el esplendor rodeado de atrocidades y la depravada pompa del momento se convirtieron en un enigma para mí. Debí de decir algo que hirió al general mexicano y me echaron de allí de inmediato, no sin antes haber transmitido el mensaje que hoy ya no recuerdo.

Me dirigí a Talbieh, al edificio del tribunal militar británico, que había sido evacuado apenas hacía unos días. Unos compañeros fueron a buscarme. Caminamos cantando, con los ojos cerrados de cansancio, por las calles vacías, tristes, apaleadas y enmudecidas de Jerusalén. Un hombre gracioso, pequeño, regordete, mayor, transparente y triste, dijo con acento alemán: no cantes, que están disparando, si cantas no te enterrarán en ningún Bab el-Wad sino aquí, en la calle Yafo.

Por la mañana se asentó un frío que cortaba. Hicieron recuento y nos dividieron en dos grupos. Yo estaba en el segundo grupo. Nos distribuyeron por las casas para celebrar la fiesta de Pésaj. Esperamos hasta el anochecer y nos pusimos en camino, hacia Bet Hamaalot. Rebusqué en el edificio del gran tribunal militar y encontré media hogaza de pan duro en un rincón, seguramente de un soldado inglés que había estado allí. También encontré hojas de malva y de parra en el patio y una flor que agonizaba de sed en el jardín y me fui de allí y entonces, mientras escuchaba cómo caían sin cesar los proyectiles, subí un montón de escaleras hasta el piso de la familia. Llegué a la puerta y llamé, no había luz para tocar el timbre, me abrieron con desconfianza y le di la flor a una agradable mujer, ella sonrió, luego le di el pan duro y las hojas de malva y de parra.

A continuación nos sentamos alrededor de una mesa. Era una familia *yekke* encantadora. El dueño de la casa me dijo que conocía a Walter Katz, un buen amigo de mi padre que vivía en Jerusalén. El dueño de la casa ya era, eso dijo, amigo nuestro en Múnich. Él lo pronunció München. Se alegraron sobre todo por el pan. La mujer lo miró con deseo incontrolado y dijo: ¿cerramos las ventanas para que el Señor de los Ejércitos no pueda mirar y hacemos como que es pan ázimo?

En la mesa había un plato con sardinas, un tomate pelado, la poca verdura que yo había llevado y también un pepino que su hija había encontrado en un patio. El servicio era hermoso. No había agua pero sí una botella de vino y un gramófono. Sonaba el fantástico *Sexteto de cuerda* de Brahms, que me emocionó mucho dentro del torbellino de vergüenza en el que me encontraba. Tal vez hasta me permití soltar una lágrima y me sorprendió tener todavía líquido en los ojos cuando apenas había bebido un vaso de agua en todo el día. El estruendo de los proyectiles perturbaba la música. Por una ventana cercana salía una oración implorante. Vi un pájaro en la ventana y el dueño de la casa dijo: un pájaro, tiene suerte, él puede estar también en otros lugares. El frío no dejaba de arreciar. La mujer preguntó cuántos años tenía y dije: dieciocho menos diez minutos, ella se rio porque tal vez quería llorar y su marido dijo: eres el más joven, comenzarás tú la lectura de la Hagadá. Apenas había luz pero logré leerlo porque, como ya he dicho antes, tenía una buena vista en la oscuridad. Como en todas las fiestas de Pésaj, me reí de lo que estaba leyendo porque me parecía una adivinanza sin solución y todos cantaron el estribillo, reinaba en el ambiente una pena modesta y contenida, y estábamos solos todos juntos frente a un mundo invisible, cerrado por las ventanas e incomprensible.

Las bombas no dejaban de caer y, como un tamtan, aportaban un salvaje *leitmotiv* a la calma que nos envolvía. Pensé: qué son todas estas palabras de la Hagadá, qué significan, tal vez sea una lengua secreta para engañar a los romanos. Pasaron la hogaza de pan de mano en mano, la partieron, el dueño de la casa bendijo el pan al que llamó pan ázimo y dijo: Dios, no mires. Oí una sirena, fuera había gente gritando, cuidado, vete tú a saber de qué, un perro gimió y una mujer le echó un poco de su pan y dijo: pobre perro.

Me tragué una sardina rancia, pero quién reparaba en esas cosas, bebí vino y pensé qué ocurrirá si tenemos que salir a luchar y no lo oigo desde aquí, pero todo transcurrió sin sobresaltos. Cantamos canciones de Pésaj, tenían Hagadás de Alemania por las que se podía deslizar una pieza de cartón y así se movía el cesto de juncos de Moisés. Cantamos de oído lo que recordábamos. Ellos y yo recordábamos la misma melodía pero no toda la letra.

Alguien llamó a la puerta. Entró un chico que fue besando a todos y, como debía de ser medio ciego, también me besó a mí. De la cartera que llevaba sacó algunas galletas y una botella de agua que había comprado en la calle a un vendedor de agua. El perro parecía atemorizado y tenía el rabo entre las piernas, pero una turbia y sabia esperanza brillaba en sus ojos. La mujer le dio media galleta al perro, que respondió meneando el rabo, y yo lo acaricié, tenía el pelo suave como el algodón. Cayó un proyectil bastante cerca de la casa. Las ventanas temblaron pero eso no perturbó el llanto. Lloramos. Cantamos «Uno quién sabe»* con tantos errores, que si Dios no hubiese muerto en el campo de concentración de Bergen-Belsen se habría muerto entonces al oír la letra. Nos sentamos recostados según la tradición y lloramos junto a los ríos de Babilonia** de la Jerusalén no reconstruida. Aquel fue para mí el momento más hermoso de aquella puta guerra.

* Poema medieval anónimo que se canta al final de Pésaj, en el que del 1 al 13 se van relatando elementos fundamentales del judaísmo.
** Referencia al Salmo 137 que evoca la caída de Jerusalén y el destierro de Babilonia y que anuncia el final del exilio.

Durante una época vivimos en un granero de Kiryat Anavim y después bajo el gigantesco tejado del establo, que puede que estuviese vacío o puede que no del todo. Más tarde me alojé en una gran tienda de campaña a la entrada de aquel kibutz. A veces me sentaban en el comedor enfrente de un niñato que llevaba en el bolsillo de la camisa un paquete de tabaco Latif. Por supuesto, se abría por arriba. En su interior guardaba la oreja de un árabe. Cada vez que le preguntaban decía que la había arrancado en un sitio distinto. Cuando sacaba la oreja en el comedor para mascarla como si fuese un chicle, algunas chicas huían despavoridas y así lograba hacerse con algo más de comida. No estaba bien no reprenderlo, pero estábamos cansados y hambrientos, todas las noches salíamos a alguna escaramuza y recibíamos un vaso o dos de agua al día para beber y lavarnos, incluso había algunos que hasta hacían la colada con un vaso de agua.

Una vez llegó de pronto agua en un camión, no tengo ni idea de dónde salió. Levantamos un cuarto de baño de campaña y hubo empujones. La suciedad que manaba de la gente parecía piedras negras y se movía como gelatina. El olor era intenso. Intenté lavarme con la poca agua que quedaba, estábamos desnudos y buscando un trozo de jabón, y se rieron de mí porque no podía soportar a hombre desnudos o mujeres desnudas a mi lado y me escondía. Hasta cuando iba a cagar no me dirigía con todos al campo sino que me quedaba aparte e intentaba ocultarme, y el olor era fuerte y penetrante. Así era.

Antes de salir a la batalla decían a los ancianos del kibutz: cavad las tumbas lo antes posible que ya estamos de camino. Había otra frase que decíamos: «Los oficiales dan la orden de ir y los soldados se van a tomar por culo». Entre tanto, intentábamos vivir.

Una mujer alta y bronceada, con pantalones cortos y botas, miró de lejos con cara inexpresiva, caminó por el sendero del kibutz, se detuvo a mi lado y me llamó por mi nombre, luego, tras unas cuantas palabras, me invitó a acompañarla. Una habitación impoluta. Como si la hubiesen limpiado con la lengua, y eso que no había agua. Cajas de naranjas vacías y también libros hacían de mesa y de sillas, y en las paredes había un cuadro del pintor Zvi Shorr y otro de Käthe Kollwitz. Sacó de alguna parte un viejo disco y nada más verlo supe que era de la Deutsche Grammophon de Berlín, que conocía por la colección de mi padre, por los característicos bordes cortados hacia arriba del disco envuelto en trapos.

Me dijo que sabía quién era y que había preguntado por mí y que su marido era un violinista austriaco de Graz, que había sido herido en la mano mientras huía o algo así, no lo sé exactamente, pero incluso en la huida, por los bosques, había conservado aquel disco envolviéndolo en trapos y luego llegó en el barco *Knesset Israel* a Haifa y de allí a Chipre y después, clandestinamente, a Eretz Israel de nuevo, y protegió el disco incluso en la cola de los retretes del barco. Dijo que una vez estuvo cinco horas esperando su turno y que, durante todo ese tiempo, mantuvo el disco apretado contra el pecho y contó que el comandante del barco se asombró de que el hombre de la mano destrozada no soltara el disco. Lo invitó a su camarote y le dio una mandarina. Y la mujer explicó que allí, en aquel barco, eso era un regalo de Dios. Añadió que el comandante del barco le dijo que, si llegaba a Eretz Israel, debía dirigirse a Jerusalén, donde él, el comandante, había nacido, y que una vez allí debía subir a Har Hatzofim y ver el amanecer más maravilloso del mundo.

Ella estaba de pie y yo sentado. Me miró fijamente, se la veía hermosa e inquieta, como si ya no estuviese conmigo en la habitación, y dijo: después de un año en Chipre logró escapar, pero ya no tenía las manos para tocar. Fue andando desde Haifa hasta Tel Aviv, con el disco, y unos policías británicos lo detuvieron, les dijo en hebreo que no hablaba ningún idioma y se apiadaron de él, se rieron y dijeron: qué llevas ahí, y se lo mostró, se volvieron a reír y lo dejaron marchar y así llegó a Tel Aviv. Preguntó dónde estaba el museo de Tel Aviv y llegó al bulevar Rothschild, y Partos, un amigo suyo de Viena, estaba allí ensayando un cuarteto de Mozart. Partos le presentó a tu padre, Kaniuk, el director del museo, y tu padre le preguntó adónde se dirigía, él dijo que a Jerusalén y tu padre dijo: está sitiada. Dijo que se dirigía hacia allí porque el comandante del barco en el que había llegado le dijo que tenía que ver el amanecer en Jerusalén. Tu padre dijo que creía que a lo mejor tenía allí un hijo en alguna parte.

El hombre salió del museo y de algún modo llegó a Jerusalén. Subió a Har Hatzofim y vio el amanecer, entonces un hombre detuvo el coche a su lado para bajar un momento a orinar y, al ver al desdichado allí de pie con un disco en medio de ninguna parte, le dijo que se dirigía a Kiryat Anavim y que podía llevarlo hasta allí. En la secretaría del kibutz explicó que lo enviaba el comandante del barco en el que había llegado.

La mujer hizo una pausa, me miró, vi una pequeña lágrima junto a su ojo y dijo: me tocaba el turno en el comedor, entró él, muy educado, hambriento pero educado. ¿Y qué había por entonces para comer? Vi cómo cogía el pan duro con las hierbas y un cuarto de sardina, parecía el hombre más hambriento que había visto nunca. Comió con hambre, temblando, pero con educación. Le dieron natillas y dijo que Amnón, el comandante del barco, le había dijo que en Eretz Israel comían fruta fresca. Le dije que lo sentía pero que no quedaba. Había en él una especie de enigmática e intrigante alteridad. Él era de sí mismo. Dos días después nos casamos, sin rabino. Solo algunos amigos sobre el césped. También rompimos el vaso como manda la tradición. Quería luchar, pero le dijeron que en Bergen-Belsen no le habían enseñado a luchar, así que lo dejaron escoltar un convoy. Luego dijo que había oído que tenía un primo en un lugar llamado Kfar Etzion, yo le dije que no fuera allí e intenté disuadirlo, pero él insistió y dijo que debía hacerlo porque aquel hombre era el único pariente que le quedaba en el mundo.

Ella lloró y le dijo que lo amaba, y por aquel entonces no se decían esas cosas. Él le dijo que ella era el único amor de su vida. Y contó que estaba solo. Que toda su familia había sido exterminada. La mujer me miró y siguió con el relato: por la noche, cuando me quedé dormida, se levantó, vi cómo se levantaba, pero no dejé que se diera cuenta, mis ojos se llenaron de lágrimas y se fue. No recuerdo cómo, pero me informaron de que había llegado a Kfar Etzion. Dos días después alguien me trajo una carta que me había enviado, estaba escrita en alemán y no la entendí. Un hombre del kibutz me la leyó y supe que era una especie de responso. Hubo un gran ataque, la masacre de Kfar Etzion, a mi marido lo quemaron vivo.

Trajeron su cuerpo hasta aquí. Se decidió enterrarlo en el cementerio cerca de la parcela del Palmaj, pero no teníamos ningún documento suyo, ni siquiera sabíamos quién era, salvo que se llamaba Kurt. No sabíamos cuál era su verdadero apellido. Su pasaporte era falso, con la foto de un hombre de ochenta años, un pasaporte que le había dado la Haganá cuando repartieron pasaportes por los barcos de inmigrantes ilegales. Hacían cien como esos por la noche y pegaban fotos a lo loco. Dejándose llevar por la primera impresión.

No lloraba al hablar. Dijo que el disco debía ser mío. Kurt dijo que tu padre le contó cuánto le gustaba a su hijo, que eres tú, esta fuga de Bach, y casualmente es lo que hay en el disco, y yo ya no quiero conservar algo así. Él era mi amado.

Yo, el joven de entonces, la envidié cuando pronunció las palabras «mi amado». Regresé a la tienda. Tal vez hiciera calor. Tal vez frío. No me acuerdo. Los muchachos trajeron su gramófono portátil y pusimos los discos árabes que habíamos traído la noche anterior, o tal vez los habíamos traído por la mañana o al mediodía. Los discos estaban hechos de baquelita y, después de escucharlos, los estrellaban contra las rocas. De pronto aquellas canciones me crisparon los nervios, de pronto añoré algo distinto a Abdel Wahab con sus florituras y pedí que me dejaran oír el disco que me habían regalado. Dijeron: estupendo, *ahlan wa-sahlan*.

Se tumbaron sobre los trapos que por aquel entonces se llamaban camas o se sentaron en el suelo y, como de costumbre, intentaron imaginar ese sabor del tomate que N., nombre ficticio, describía con tanto talento. Puse el disco y me sentí bien. Volví a ser un niño. A estar en paz. A estar en casa con mis padres. Con el mar. Con Amos y nuestros animales, con las anémonas del campo que estaba yendo hacia la calle Hayarkón y con las plantas de fuego cerca de las tumbas de los musulmanes, junto al mar; y me quedé tranquilo.

Entonces pensé que en hebreo, si se cambia el orden de dos letras, la palabra *krav*, batalla, se convierte en *kever*, tumba. Escuché el disco una y otra vez, con las palabras resonando en mi cabeza, hasta que los muchachos se hartaron y me dijeron: venga, déjalo ya, pero no podía. Se enfadaron conmigo, qué te pasa, niño mimado, ya está bien con tu Beethoven, y dije: es Bach y dijeron: Beethoven, Bach, la misma mierda, y vi que iban a por mí. Cogí mi arma, la Thompson, les apunté y grité que si alguien se acercaba, dispararía, ya sabéis que maté a un niño, así que seguro que puedo mataros a vosotros. Con una mano le daba a la manivela y con la otra sujetaba la Thompson y así oí el disco varias veces hasta que me engañaron, vinieron por detrás, me agarraron, me tiraron al suelo, quitaron el disco y lo estrellaron contra las rocas. El pobre y viejo disco, el maravilloso disco de Berlín se rompió en mil pedazos. Me levanté y me fui, no recuerdo adónde.

Aquella misma tarde se canceló una operación y todo el batallón fue convocado en el sótano del establo. Allí, de cuando en cuando, oíamos los saludos de casa en una radio que funcionaba con pilas. Todos nos sentamos en silencio. Dado, nuestro comandante más querido, nos ordenó callar y permanecer atentos. La radio trasmitía todo tipo de saludos, todos estábamos en tensión, y entonces dijo el locutor: «Para Yoram Kaniuk, esté donde esté, en tu decimoctavo cumpleaños tus padres desean felicitarte y ponerte el disco que más te gustaba de pequeño». Y entonces, en el silencio más profundo que cabe imaginar, todos se sentaron, pálidos y ofendidos, y se vieron obligados a escuchar de nuevo mi pequeña fuga.

Tal vez haya sido lo más bonito que me ha pasado jamás el día de mi cumpleaños hasta hoy. Fue una dulce venganza. El abrazo de mis padres y de mi hermana. Eso fue lo más fantástico que me ocurrió en esa guerra por la fundación de un Estado para Beni Marshak.

15

La batalla de Nabi Samwil fue una de las más crueles y también de las más estúpidas de la guerra de la Independencia. Yo no participé en el ataque a la montaña que domina el camino hacia Jerusalén. A nosotros nos enviaron en cuatro vehículos blindados con el Davidka,* que a veces incluso disparaba, a una operación de distracción en la retaguardia. Nos dirigimos hacia Bet Iksa, un pueblo situado cerca de la estación de radar británica, para llevar a cabo una operación que no sabíamos exactamente en qué consistía. Lo que voy a escribir ahora no lo tengo del todo claro. He olvidado la batalla. Estuvo más de treinta años extinguida en mi interior.

Treinta años después de aquella batalla, un día fui con el pobre Simca 1000 que tenía por entonces a la playa de Sidna Ali, el agua estaba hermosa y tranquila, y abajo vi a unos jóvenes bañándose desnudos y riéndose a carcajadas y una mujer gritó en un idioma extranjero, parecía como un delfín, puede que fuera una voluntaria

---

* El Davidka era un tipo de mortero primitivo, de fabricación casera y alcance muy limitado.

de Finlandia, y entonces emergió del agua un recuerdo, como nuevo, que estaba oculto en mí y que hasta ese momento se había negado a salir a la superficie. Lo observé como si fuera una película. Me fui a casa y escribí lo que había recordado. Pero lo que escribí no tiene por qué ser necesariamente lo que ocurrió.

Recordé que nuestro comandante se guardó las órdenes relativas a aquella operación. Yo estaba en el vehículo blindado con el Davidka, que cuando lo disparábamos hacía más ruido que otra cosa, apenas tenía potencia, pero era lo que teníamos. Por el camino caímos en una emboscada. Las minas volcaron tres vehículos. Salimos y nos llevamos el Davidka y sus gigantescos proyectiles. El cuarto vehículo no fue alcanzado. Gavrush, el conductor del cuarto vehículo y el artista de la conducción de la brigada Harel, logró dar la vuelta. Nos estaban disparando y ya había heridos. El comandante, desde el interior del vehículo, dijo que iba a regresar a Maalé Hajamishá para pedir ayuda. Le dijimos que allí no había nadie que pudiese venir porque todos estaban en la gran ofensiva con Poza, alias de Hayim Poznanski, cuya muerte todavía desconocíamos, y le rogamos que no fuese, pero que, si se iba y nos dejaba allí, al menos nos dijera qué teníamos que hacer y se llevara a algunos heridos. Parecía tenso y furioso y dijo que debía pedir ayuda de inmediato, seguro que la conseguía, que no podía demorarse y que pronto regresaría con los soldados. Todavía estoy esperando que regrese con la ayuda.

Nos quedamos bajo fuego de artillería en campo abierto. No sabíamos qué hacer. ¿Realmente nos quitamos las camisas para vendar a los heridos? ¿Realmente se acabaron las camisas? ¿Realmente se vieron cuervos en el cielo bailando como payasos de Dios, pequeños bastardos que parecían *hasidim* de juguete o pingüinos convertidos al judaísmo, sin la majestad del águila o del buitre que realmente llegó y se instaló cómodamente en el cielo y nos despreció a nosotros, los aún-no-muertos? Los vivos no le interesaban, volaba sobre los cadáveres pero no sobre los heridos.

Los cuervos montaron un espectáculo, tal vez para entretenerle, pero también los despreció y, como no quedaban más municiones, disparamos con el Davidka y el proyectil cayó en la tierra de nadie que había entre nosotros y el enemigo y no explotó. ¿Dónde estaba yo exactamente? Una vez le pregunté a Ori Bogin, un valiente que murió hace tiempo y había nacido en Kfar Malal, y dijo que estuvimos tumbados detrás de unos terraplenes. Le pregunté si recordaba si nos hicimos los muertos y respondió que no se acordaba. Era un hombre fuerte. Un campesino. No tenía mi imaginación. Era mayor que yo. Le pregunté si los árabes no se atrevieron a tocar el proyectil del Davidka porque habíamos grabado todo tipo de relojes en los gigantescos proyectiles y, como habían oído hablar de una bomba atómica, esperaron a los jordanos para que lo explosionasen.

Ori dijo que tal vez fuera cierto, pero que él no recordaba con exactitud que el proyectil del Davidka estuviese allí. Recordé que no había adónde escapar y al parecer nos tumbamos tras unos terraplenes. El cielo era inmenso sobre nosotros, extenso y feo con todos los destellos de aquellos cuervos chillones, y recuerdo que nos hicimos los muertos porque el enemigo estaba en lo alto y nos veía, veía a cada uno de nosotros con total precisión y cada uno estaba solo intentando encontrar un escondrijo. Recuerdo que a mi lado estaba mi amigo Menahem, que había estudiado conmigo en el colegio y cuya maestra había sido mi madre, no estoy del todo seguro de que me tuviese mucho afecto, tal vez porque yo era un año menor que él y además era el hijo de su maestra y del director del museo, pero yo sí le tenía cariño y nos quedamos tumbados pegados el uno al otro. Ori dijo que él creía que Menahem no había estado junto a mí y que quien había estado tumbado a mi lado era otro, y dijo que yo había estado muy expuesto, que no había tenido el sentido común de ocultarme bien y que por eso yo creía que me había hecho el muerto. El terror era demasiado grande.

Recuerdo que nos daba miedo movernos, teníamos la impresión de que veían el blanco de nuestros ojos y por eso los cerramos. Los oímos reírse. Aquel fue el momento crucial en la historia del Davidka, que al no explotar nos salvó de una masacre. Ya escribí un relato sobre eso, no quiero repetir las cosas.

A través de los párpados cerrados vi cómo hacían café en una hoguera, el viento traía el humo hacia nosotros y había allí un gran alborozo. No tenían prisa, cantaban, se aburrían, nos disparaban pese a que creían que estábamos muertos y gritaban en hebreo porque tal vez creían que los muertos judíos entienden hebreo, y gritaban: «Matamos a los judíos muertos», y aquello sonaba tan bonito como un poema, matamos a judíos muertos, y herían sin parar a los supuestos muertos, y a los heridos, claro, pero los heridos no podían moverse. Noté algo caliente fluyendo sobre mi mano derecha, vi por entre los párpados al buitre, planeando como un dios sobre Menahem. Comprendí que lo que notaba fluyendo sobre mi mano era la sangre de Menahem. Goteaba lentamente, no oí una palabra. Tal vez Ori tenga razón y Menahem se desangrara en otro lugar, pero para mí él murió a mi lado. Los cuervos bailaban para aislar al buitre y el sol se cubrió con una capa de niebla, quise gritar pero no tenía voz. Me dijeron que habían dicho que Menahem se voló a sí mismo con una granada. Si fue así, no fue el Menahen que murió a mi lado, pero a los muertos no les importa intercambiarse unos por otros.

Después de tres horas, tal vez cuatro, me incorporé. Algo terrorífico me dio valor, como si hubiese decidido suicidarme, no podía seguir estando muerto ni un minuto más: oíamos las balas saliendo de las bocas de los rifles, oíamos el silbido del disparo, esperábamos morir y no moríamos, es decir, los que no habían muerto ya. Sabía que uno de aquellos proyectiles me alcanzaría finalmente. Oí los gritos de algunos compañeros y a través de los ojos cerrados vi las bocas de las armas junto a la hoguera y, sin consultar con nadie, de pronto fuimos tres los que nos levantamos y a la vez, pero por separado, echamos a correr monte arriba hacia Maalé Hajamishá.

Al principio el enemigo no comprendió lo que ocurría. Cuando se percataron, volvieron a disparar. Dispararon como locos, pero, seguramente debido al asombro y la sorpresa, no apuntaron bien y conseguimos llegar al bosque y escabullirnos entre los árboles.

Sin fuerzas, casi muertos, agotados, hambrientos y sedientos, llegamos a la comandancia en la casa Fefferman. No había nadie salvo una enfermera asustada que nos miró como si fuésemos fantasmas. Al parecer había visto la batalla desde la montaña y nos había dado por muertos. Nos vendó, puede que también nos diera ropa, mi memoria está borrosa en ese punto, y corrimos a buscar al comandante que había huido. Uno de los nuestros, creo que se llamaba Mizrahi, corrió a buscarlo para matarlo, pero le dijeron que el comandante había volado en un Primus a las batallas del desierto del Néguev.

Solo por la noche nos enteramos de que la batalla de Nabi Samwil había sido un completo fracaso. Había habido decenas de muertos y multitud de heridos en la montaña, incluyendo los nuestros. Busqué a Menahem, normalmente solía verlo por los alrededores, pero no estaba en ningún sitio. Al parecer, yo tenía estrés postraumático, algo que por entonces no sabíamos lo que era, entré en un estado de extrema apatía y, al parecer, corría y saltaba, recuerdo vagamente que andaba por allí buscando a mi amigo que había muerto a mi lado, tal vez bebí agua, tal vez me golpeé a mí mismo, tal vez busqué al buitre que ya no se veía por allí. Éramos veintitrés y regresamos ocho, o eso creo.

Un compañero que estaba conmigo me contó que fue enviado a examinar a los muertos de la montaña. Había algunos, eso dijo, que se habían matado con granadas o pegándose un tiro. Hubo allí un caos terrible. Los comandantes desaparecieron, al parecer se escondieron. Algunos lucharon, pero, sin alto mando, no sabían exactamente lo que estaban haciendo y disparaban sin saber si era contra sus compañeros o contra el enemigo, que luchó con sorprendente valor e inteligencia táctica. Entonces se decidió en silencio, sin decir una palabra, que no se hablaría más de aquella batalla. Hasta el día de hoy el Palmaj guarda el secreto de Nabi Samwil. En lugar de investigar aquel caos, lo dejaron pasar. Una lástima. El heroísmo no es solo vencer, sino también fracasar. Un fracaso en la guerra, en el arte o en cualquier otra cosa puede estimular, dar consuelo y ayudarle a uno a superar solo el siguiente fracaso.

Medio año después, escayolado y con escasa movilidad, fui a casa de mi querido Menahem, junto al mar, cerca del puerto de Tel Aviv. Su madre se encontraba junto al ricino del patio y su padre, un viejo maestro, estaba regando un árbol endeble y llevaba un ajado sombrero de ala ancha. Le conté a su madre lo que había ocurrido, que nos habían disparado y que Menahem había muerto a mi lado y yo me había salvado, y ella me miró con una risa sardónica y dijo: lástima que no fuera al revés.

16

No recuerdo cuándo salimos hacia aquella carnicería que erróneamente fue llamada la batalla del Monasterio de San Simón. La primera vez no participé. Creo que me mandaron a clasificar municiones a Kiryat Anavim o a Jerusalén y al parecer no continué con las tropas, recuerdo que me sentí culpable por no estar allí. Uno de mis compañeros regresó de allí y me dio el reloj de otro que había muerto, porque mi reloj se había estropeado y el reloj del muerto estaba cubierto por un protector de piel para que no brillase por la noche. La segunda vez, al cabo de unas pocas horas, sí participé. Puede que llegásemos de una casa en el extremo de Katamón o de Givat Shaul o del valle de la Cruz. Parece ser que esperamos. Recuerdo un desastre de plantas abrasadas, proyectiles, una zarza que me pinchó, el ruido de un vehículo a lo lejos, casas de piedra de aspecto grave y disparos.

Nos atacaban y nos disparaban con cañones, con rifles y con ametralladoras, llegamos a una casa con contraventanas verdes contigua al monasterio de San Simón y el fuego no hacía más que aumentar. Había un bosque de pinos de aspecto sublime. Todo lo que pensé, así lo recuerdo hoy, fue que la esposa del poeta Tchernijovsky había vivido en ese monasterio. Creo que subí con la compañía de Uzi Narkis desde Givat Shmuel. Recuerdo gritos y disparos. Había un hermoso bosque y un terraplén donde nos tumbamos y, al cabo de un rato, subimos o bajamos y, de algún modo, llegamos a aquella casa con contraventanas verdes en la fachada, entonces se desató un incendio con un olor pestilente y tomamos la casa y después el monasterio.

Alguien echó a andar en medio del humo y un blindado árabe disparó cuando entramos y luego otro. Cada vez que un proyectil alcanzaba una de las campanas del monasterio se las oía repicar, como si estuviésemos en el funeral de un pueblo americano de una película del cine Mugrabi. Después de la batalla, de la que no guardo recuerdo, nos hicimos con el control del monasterio y creo que también con el de dos casas contiguas, entre las que al parecer estaba también la casa de las contraventanas verdes. La gran ofensiva se recrudeció y fuimos cercados. Alrededor había un enemigo inflexible que disparaba con todo lo que tenía. Y tenía mucho. Nosotros no teníamos nada. Algunos morteros y algunas Williams. Recuerdo el terror que me envolvía y recuerdo que hirieron a Raful y que lo ayudé a sentarse en una silla, y apoyado en una mesa siguió disparando. Alguien le gritó que parase y dejase que el enfermero lo atendiese, y él gritó con un gemido de amor: ¡pero es que estoy matando al enemigo!

También yo disparé y fui levemente herido, entonces se me acabaron las balas. Shklar, el enfermero, un superviviente del Holocausto, no recuerdo cómo llegó a nuestro batallón, rescató un cuerpo al otro lado del patio porque vio que el enemigo se acercaba y temió que empezaran a ensañarse con él, después corrió de un herido a otro, se detuvo a mi lado, sonrió, me dio balas y disparé. Al cabo de un rato llegó Dado y me llevó afuera junto a otro chico. No sé por qué. Estábamos a pocos metros del enemigo y debíamos recorrer la distancia que había entre aquel muro no muy alto y el monasterio. El trayecto fue como el túnel de la muerte y a cada instante alguien caía, muerto o herido. Cuando llegamos vi a dos mujeres jóvenes en la entrada. Dijeron que eran monjas. No recordaba haberlas visto al irnos. Dado echó a correr hacia arriba y yo busqué un cigarro. Alguien me disparó y me agaché. La bala alcanzó a una de las mujeres que habían dicho que eran monjas. La miré. El disparó hizo temblar su cuerpo muerto. La ropa gris que llevaba estaba hecha jirones. Alguien me gritó que subiera. Uno murió y cayó a mis pies. Se oían sin cesar los gritos salvajes de los atacantes. Ascendía el humo del incendio (estoy reuniendo retazos de imágenes). Bajé de nuevo porque alguien me llamó, pero el que me había llamado cayó herido. Cuando volví, la ropa de la monja estaba subida. Esa fue la primera vez que vi un desnudo de mujer. Era joven. Pensé que la gracia divina era oscura y aterradora.

Lanzaron granadas. Nos dispararon con morteros de tres pulgadas y vi una estela de fuego sobre mí. Gritaron: hacia arriba. Me quedé hipnotizado ante la visión de aquella mujer medio desnuda. No era una imagen erótica. Era una imagen atroz de las viejas películas, como una hermosa tragedia en medio del infierno. Aún me quedaban las balas que me había dado el enfermero y de nuevo me gritaron que subiera, Beni Marshak recibió un balazo en la mandíbula y alguien se rio y me dijo que ahora Beni, con el vendaje que le habían puesto en la boca, ya no podría gritar y, tras decir eso y reírse, recibió un balazo y murió. Disparé como un loco. No sé a quién. Solo recuerdo la dirección. De repente bajé hacia donde estaba la monja. Su pubis estaba al descubierto. Desde entonces, aunque tuviese auténtica necesidad, me resultó muy difícil ver un pubis. Le bajé el vestido para tapar su cuerpo. Una bala me pasó rozando y el enfermero me arrojó un trapo con yodo que me puse en el brazo porque tal vez me había alcanzado una pequeña esquirla, y la monja muerta, si es que era una monja, volvía a estar vestida, entonces le cerré los ojos y la boca, no fue fácil, la boca no quería cerrarse y tuve que apretar, y oí a Dado hablando con Raful sobre que ya no había ninguna posibilidad de sobrevivir pero que no quedaba más remedio que seguir luchando hasta el final.

Me enteré, no recuerdo cómo, de que habían puesto explosivos en el suelo de las habitaciones para volar a los heridos graves si nos veíamos obligados a retirarnos, ya que no podríamos evacuarlos. Subí, disparé y entré en una habitación bastante grande. Los heridos yacían allí tristes, mudos, mirando a su alrededor, como si comprendiesen lo que les iba a ocurrir. Uno de ellos me gritó algo, tal vez me conociese, y entonces murió. A otro le entraban borbotones de sangre en la boca. Cada uno aferraba con fuerza una granada para no ser hecho prisionero. Quien no estaba muerto ni herido seguía disparando. Raful gritó que los del cañón que disparaba eran iraquíes. Pasó el tiempo. No sé adónde se fue el tiempo, nosotros nos fuimos al infierno, estaba claro que íbamos a ser masacrados.

O entonces se decidió que debíamos retirarnos. No hubo compasión, no podíamos dejar heridos. Un fino chorro de sangre corría por mi mano y no estaba seguro de si era mi sangre o la de Hanán, al que vi correr enfurecido disparando, trepar hacia lo alto y luchar. Alguien apartó los cadáveres de las monjas, no sé adónde, el fuego se intensificaba, se me acabaron las balas y nadie a mi lado tenía más y Raanana, que dirigía la operación y era el comandante más valiente y más inteligente que he conocido, corría dando órdenes y todos lo obedecían. Todos sabían que no teníamos ninguna posibilidad, que los árabes eran un pueblo numeroso y que luchaban bien, y de pronto vieron a lo lejos camiones del enemigo, puede que se dirigiesen a toda prisa hacia Gush Etzion, que estaba luchando desesperadamente. Alguien gritó que el enemigo se retiraba, yo miré por un ventanuco y vi cómo se retiraban y arrastraban a los heridos. Vi cadáveres enemigos tendidos sobre las rocas.

Creo que salió el sol, tal vez soplaba el viento del desierto, tal vez no, utilicé la manga de la camisa para presionarme la sangre de la mano, que poco a poco fue dejando de salir, y Dado gritó: se retiran, disparadles con toda la munición que tengáis. Se oyeron gritos, una compañía del batallón junto con una de las fuerzas de Jerusalén consiguieron llegar con armas y municiones, se tragaron mucho fuego de artillería pero también trajeron agua. Beni Marshak bailó de rabia porque, como ya se ha dicho, no podía gritar y para él hablar era gritar. Las fuerzas de Jerusalén atendieron a los heridos, reinó el silencio. Dado miró al enemigo que se retiraba y dijo: era un cara a cara y ellos pestañearon primero. Y eso ocurrió cinco minutos antes de nuestra esperada rendición. Alias-Ari se acercó a mí. Empezó a hablar, se oyó el ruido de un disparo y murió. Le besé en la boca. Fue el único hombre al que he besado en mi vida. Reunimos a los numerosos muertos en un rincón de la azotea. Más tarde, tal vez después de una hora, tal vez después de seis, todo terminó.

Bajamos hacia Katamón y lo tomamos en una batalla no muy dura. De regreso vimos cómo los habitantes de Jerusalén se lanzaban al saqueo. Nosotros caminamos cantando por Jerusalén mientras la población que no estaba saqueando nos aplaudía. Los habitantes de Katamón, con sus espléndidas construcciones, huyeron y nos dejaron comida sobre las mesas y camas por hacer. En una casa había un enorme aparato de radio encendido que gritaba en árabe. Uno disparó y mató la radio. Eran casas de gente rica. Jamás habíamos visto un lujo semejante. Oro. Espejos gigantescos. Cocinas relucientes, lámparas de cristal y montones de comida. Objetos de plata. Botellas de bebidas colocadas como soldados formando filas. Corrimos de casa en casa. Unos pocos combatientes seguían disparándonos y, al cabo de un rato, tal vez de horas, nos quedamos dormidos en aquellas casas. Reinó el silencio y hubo quienes comieron de lo que habían cocinado antes de nuestra llegada. Yo no pude comer porque tenía el sabor de Alias-Ari en la boca, pero me bebí una botella de agua y me dormí.

Salimos de allí, trajeron un vehículo blindado y sacamos las botellas, sobre todo las grandes, que después supimos que eran de champán, y llegamos a alguna parte, tal vez a Kiryat Anavim, tal vez a otro sitio. Nos quitamos la ropa, todos los que no habíamos muerto, nos quedamos desnudos y, por turnos, nos fuimos arrojando champán. Como soldados en el paraíso. Nos arrojaban una agradable bebida que entonces no sabíamos lo que era. Fuimos, ahora lo sé, los primeros soldados de la historia que se bañaron con champán en vez de bebérselo. Sentí un hormigueo paradisiaco sobre mí, lamimos nuestros cuerpos y nos arrojamos un líquido marrón de un agradable aroma que después supimos que era coñac francés.

Fue un fiestón y cantamos con voces afónicas. Sobre todo recuerdo que estábamos desnudos, lavándonos con champán francés y cantando «Quién es la que está sobre mi tumba perturbando mi descanso», con el estúpido final, «con cincuenta golpes Katerina aún no estaba muerta y con cincuenta y uno Katerina aún no estaba muerta». Bebimos hasta tambalearnos y luego nos vestimos, nos llevamos a los muertos que parecían solo heridos y enterramos a quienes había que enterrar.

Yitzhak Rabin apareció allí de pronto y dijo unas palabras sobre las tumbas y luego cantamos «Mamá, tiene una catarata en el ojo. / Mamá, me quiere mucho. / Me siento con él sobre las rocas. / Lo importante es que el otro reviente» y a Beni le disgustó la canción y, como se había quitado ya la venda de la mandíbula, gritó: cantad otra cosa, y preguntó por qué desperdiciábamos esos momentos memorables, el nacimiento de la nación hebrea, pues ahora toda la Jerusalén hebrea estaría unida y sería nuestra hasta el fin de los tiempos. No sabíamos entonces a cuánto equivalía el final de los tiempos.

Al cabo de unos días subimos a un lugar que ya no recuerdo cómo se llamaba. Beni gritó que iríamos a tomar Ramallah, donde estaba la mejor radio de toda la zona, pero no pudimos tomarla. El enemigo luchó bien y nuestro Quinto Batallón, que luchó en Sheikh Jarrah camino de Ramallah, no logró tomar el barrio y dos proyectiles del Davidka mataron a dos de nuestros soldados, dos pobres a los que el Davidka les explotó en las manos. Aquella noche llovió y se formaron charcos que por la mañana brillaron con el sol. Alguien encontró en un pueblo unas onzas de chocolate y nos las comimos. Dijeron que habían visto a Uzi en un avión Piper, no recuerdo qué Uzi, tal vez Narkis, y que este agarró unos tubos explosivos, encendió la mecha con una cerilla y arrojó el material, que creía que era una bomba, a un grupo de combatientes árabes, algo que hizo ruido y asustó, pero que apenas causó daños.

Años más tarde, puede que treinta, me llamó Dado y me dijo que me invitaba a la ceremonia de jura de bandera de reclutas en Masada. Pregunté que por qué yo y dijo que ya había invitado a varios poetas, pero que yo era especial para él porque me recordaba de San Simón. Pregunté qué recordaba y dijo que en un determinado momento yo disparé y le salvé la vida. Yo no lo recordaba, pero por supuesto fui y nos encontramos en el aeropuerto Sde Dov. Dado me recibió, subimos con otros oficiales al helicóptero y le dije que Itzik Manger escribió una vez que, cuando murió el último rey de los gitanos, decenas de miles de violinistas fueron a tocar en su memoria y, ante su cara de asombro, añadí que Manger seguramente pretendía decir que decenas de miles de reyes judíos tocaron juntos en memoria de un solo violinista gitano.

Pasé mucho miedo en el helicóptero porque el piloto, que llevaba a oficiales de alto rango, les quiso impresionar con acrobacias. Entraba y salía por los *wadis*, yo estaba muy asustado y un oficial que se sentaba a mi lado me gritó, porque en el helicóptero había tanto ruido que tenía que gritar, que el helicóptero era una aeronave muy segura. Se llamaba Talik. Durante la jura de bandera me senté cerca del lugar donde había estado antes de la guerra, cuando vi las luces del paraíso. Talik vino a sentarse a mi lado y dijo que quería hablar conmigo sobre Leibniz. Lo miré. Había en él una especie de fuerza contenida y osada y sonreímos. Nos sentamos al borde del precipicio y hablamos sobre Leibniz, sobre Spinoza, citó a Platón, charlamos un buen rato. Fue un momento de exaltación. Detrás de nosotros, los soldados juraron que morirían en las próximas guerras y alguien cantó una estúpida canción. Nos sentamos en el precipicio de Masada frente al desierto donde aún se ve a Dios, aunque no esté, aunque no se pueda creer en él, aunque le dispararía si existiese. En la intensa oscuridad parecía que aún estaba ahí, que seguía creando el mundo, formando montañas, recortando colinas, pintando montes amarillos de rojo. Desde aquella tarde he querido a Talik, el hombre que sustituyó a Dado como comandante del Cuerpo de Blindados y el creador del tanque Merkavá.

17

Apenas recuerdo a las chicas de la brigada. Eran mayores que yo. Pertenecían a los veteranos fuertes y grandes, y a mí me parecían como llegadas de otro mundo. Era demasiado tímido como para tener una idea exacta, pero quería tocar algo suave y tuve un sueño que aún hoy día recuerdo. Han pasado sesenta y dos años. Soñé que estaba sentado en una hamaca en la playa Frishman con una chica mayor que yo, sus cabellos caían sobre mí cuando se inclinaba y sus labios se acercaban, yo me acercaba a ella y, de pronto, surgía de algún lugar un beso, de fuera de mí y de fuera de ella, como si hubiese caído de una película del cine Mugrabi protagonizada por Hedy Lamarr. La chica se movió y dijo algo agradable, yo la miré y ella desapareció.

Recuerdo que cuando llevaron el cuerpo de Jimmy a la iglesia de Abu Gosh, su padre, el pintor Menahem Shemi, levantó la manta que lo cubría y, mientras una mujer joven arregló el cuerpo y se quitó el velo que le ocultaba la cara, Shemi permaneció sin abrir la boca, con el rostro frío y gélido. Sacó un bloc de dibujo y un lápiz y se pasó un buen rato pintando el rostro de su hijo muerto sin que se le moviese un músculo de la cara. Estaba tan concentrado, que en vez de su hermoso hijo era él quien parecía muerto.

Después una chica que no recuerdo quién era me llevó a beber agua de un botijo. Nos sentamos a la sombra de una frondosa higuera. Dijo que estaba harta de tanta muerte. Por un instante tal vez la amé. La muchacha dejó el botijo a la sombra y preguntó: ¿adivinas por qué lucho? Y pensé: ¿por qué lucha una chica? La muerte, que era lo contrario de una mujer joven, lo regía todo. En ese instante estábamos viendo a un pintor pintando a su hijo muerto. ¿Por qué luchaba ella? Yo no lo sabía y ella olvidó la pregunta, que quedó allí cuando se levantó y desapareció, y recuerdo que pensé que quería que se marchase a pesar de que ese fue el momento más agradable, más tranquilo, más personal, más dulce y maravilloso que había tenido en todos los días de mi vida, que por entonces no habían sido demasiados.

Nuestras chicas en las montañas de Jerusalén vestían con una sencillez que no menoscababa su belleza. En la guerra se dejaron los sueños para otra ocasión, pero había un amigo mío que no resistía la tentación a pesar del bromuro de sodio que nos daban para acallar el instinto sexual, como lo llamaban entonces. Ese amigo mío, que no era realmente amigo, todos éramos amigos, teníamos algunas fotografías donde estábamos juntos, pero cada uno estaba solo, conoció a una chica, le hizo un hijo y se convirtió en padre a una edad en la que aún creíamos que regresaríamos a casa y nuestra madre nos amamantaría.

Hubo una que llevó agua o leche a los combatientes, no recuerdo dónde estábamos. Para mí era la viva imagen de nuestra inocencia perdida y tal vez ella creía en la belleza, en la fuerza, como única opción. Al parecer era sionista. Creía en la pureza del espíritu. El ángulo espiritual como neutralizador del *pathos*. Los ojos se encontraban con la rodilla descubierta, pero la rodilla no estaba descubierta como hoy en día, para vender carne; no como hoy en día, que una mujer es carne sobre un gancho en el mercado con todo al descubierto, sino por el calor, porque era agradable que el viento te acariciase la pierna y la entretuviese con palabras silenciosas. Por entonces se cantaba: el viento entretiene el borde de su vestido. Entretener significa ahí dispersar, y la joven ha quedado congelada para siempre en mi memoria, alejándose sola entre los sacos de arena, con mirada huidiza, la camisa bien abotonada, un casco de acero tal vez cogido como botín y sonriendo, tímida y sonriente, tenía algo dulce, discreto, pero no carente de fuerza. Las hicieron más femeninas pero también más fuertes. No les quedó más remedio. Una joven por aquel entonces era como una corona de flores adornada con espinas, su mirada inocente, dulce y triste era parte del secreto. Ella fue todo lo que quedó de la gracia de la juventud del Estado.

Un día nos enteramos de que los británicos abandonaban el edificio de Generali Seguros situado en Bevingrad, que era su gran zona de seguridad en Jerusalén. Nos apresuramos a ir a la ciudad en los blindados y los camiones y esperamos a que se fueran, pero llegamos tarde. La población se lanzó hacia allí en el mismo instante en que los británicos se marcharon y cogió casi toda la ropa, así que cuando yo llegué, vestido con mis sucios harapos, solo quedaba para mí un traje de marinero británico blanco, igual que el que llevábamos de niños cuando íbamos a fotografiarnos a Najalat Binyamin.

Caminaba con alguien, creo que con Avinoam, puede que por la calle, era agradable, caían proyectiles a montones pero no nos dábamos cuenta, si caía uno y nos mataba que nos matase, por entonces los enterados decían que cada uno tiene un número asignado para morir. Sacábamos la foto de nuestra unidad, que no recuerdo quién la hizo ni dónde, tachábamos a los muertos y nos mirábamos a nosotros mismos sabiendo que al día siguiente o al otro también nos tacharían a nosotros. Me imaginé siendo el intenso olor de un cadáver, que no era imaginario en absoluto, sino el olor real de los cadáveres que yacían junto a la entrada de una tienda. Nos confundimos de camino y llegamos al barrio ultraortodoxo de Meah Shearim.

Había bruma matinal o fue por la tarde y estaba gris, recuerdo que costaba caminar, como si la onda explosiva de los proyectiles nos detuviese. Nadie prestaba atención a los cadáveres que yacían a la entrada y los sentidos eran arrastrados hacia un terror carente de goce. Llegamos a un lugar incomprensible. Había estado allí una vez con mi padre, a quien le gustaba comprar libros viejos en los monasterios y libros hasídicos en Meah Shearim. Para alguien nacido en Tel Aviv, esa vetusta, hostil y aterradora fortaleza de Meah Shearim es algo tan extraño... Las banderas blancas de rendición aún ondeaban en las azoteas. La gente nos veía y gritaba que éramos unos blasfemos que estábamos construyendo una patria para los herejes. Los miré, ellos oían los proyectiles, sabían que cada proyectil tenía un nombre y que, aunque el Señor los valoraba más que a nosotros, podían resultar heridos, pero no tenían miedo.

Me gustó su falta de miedo. Su devoción. El hecho de que no culparan a un hombre, a un compañero ni a un dios. Tenían al Señor para protegerlos o para matarlos. Pero no entendí su desprecio hacia nosotros. No odiaban a los árabes, nos odiaban a nosotros. Como dijo una vez mi padre en un momento de exaltación, nos estaba prohibido atacar la muralla, rebelarnos contra el reino, fundar un Estado sin un mesías. Las ofensas que salían de sus bocas, ante unos jóvenes y herejes soldados judíos, eran amargas y extrañas. Éramos dos pueblos diferentes. Vienen a destruirnos, gritó alguien, y nos cerraron el paso. Aparecieron unos niños salidos de una vieja película sobre los judíos de Lublin, era como si todo lo que veíamos fuese la reposición de una obra sobre judíos desdichados, y se fueron soliviantando.

Todo eso también me produjo deseo y nostalgia de algo cuya naturaleza desconocía. Se acercó a nosotros un hombre alto, parecía un soldado de Dios con todos sus ropajes, y dijo algo en yiddish. Yo no hablaba yiddish y él se burló sonándose la nariz y dijo en un hebreo del Libro de las Lamentaciones que quería que asistiésemos a una boda que se estaba celebrando en una pequeña sala donde estaban esperando que los árabes venciesen y que no pospusiésemos más el final ni amenazásemos al Mesías, que llegaría si lo dejábamos y no luchábamos contra él. El hombre dijo que los proyectiles no los herirían. Le dije que a la entrada del barrio había visto varios cadáveres, entonces vi cómo sus ojos resplandecían de melancólico regocijo y decía como con reproche está bien, no son de los nuestros, vuestra guardia ciudadana vendrá a llevárselos.

Fuimos con el hombre alto y delgado a una pequeña sala donde hacía un calor asfixiante y vimos hombres bailando una pesada y repulsiva *horá* cargada de un viejo y extinguido esplendor. No había mujeres, solo una niña que al parecer era la novia. No debía de tener más de doce o trece años y lo que más me impresionó fue el gesto de triunfo en su cara cuando fue levantada por unos horrendos ancianos cantarines. Parecía feliz. Nos vio. Nos despreció en el sentido más profundo de la palabra. Nos lanzó miradas de odio, pero también había en sus ojos cierta súplica, como si dijiesen marchaos de una vez, me perturbáis con vuestras vanidades, que no eran más que nuestras dos metralletas, las ristras de balas y las granadas colgadas de los cinturones para suicidarnos en caso necesario, y una cantimplora medio vacía.

El hombre dijo: ahora cantad. No sabíamos qué cantar. Estábamos fascinados pero al mismo tiempo llenos de hostilidad. Sus *Shabbes*, los gritos, las banderas blancas que izaron contra nosotros. Una tela separaba a las mujeres y tan solo vimos sus ojos, que miraban a hurtadillas por los agujeros.

Y entonces, en medio de una tristeza empapada de nostalgia de mí mismo, al estar fuera de toda la realidad eretzisraelí que conocía, fuera de la guerra, del sionismo, de las canciones sobre Sheikh Abrek y sobre la muerte, sentí una secreta felicidad. Una felicidad también dirigida contra el monje que me había encontrado junto a Notre Dame. Ahora estaba fuera del país, estaba en la casa de mi abuelo, cuya existencia mi padre se negaba a reconocer. Estaba con mi abuelo Mordechai, el panadero de la calle Amós de Tel Aviv, que hacía ese pan de sabbat que tanto gustaba a tanta gente. Yo iba allí los viernes a por el pan y veía la tristeza de sus ojos y a mi abuela Malka oculta en una habitación sellada con mantas porque tenía miedo del sol, de los árabes montados en burros y de esos granujas de niños, *shaygetz* los llamaba ella, que estaban detrás del mercado Basel. Cuando hablaba, en escasas ocasiones, siempre quería regresar a Ternópol, a la oscuridad, a los *goym*, a sus judíos. Se salvó gracias a la insistencia de mi padre.

De pronto me puse a bailar con tanto entusiasmo, con

la cantimplora medio vacía balanceándose, que algunos ancianos incluso olvidaron que yo era un enemigo y me aplaudieron. No tengo ningún recuerdo del compañero que llegó conmigo, puede que se marchara antes. Me encontraba a gusto con aquella gente que podía estar en cualquier lugar en ese momento, en Jerusalén, en Londres, en Nueva York. Formaban parte de los judíos, pero nunca habían tenido y nunca tendrían una patria concreta, yo estaba enfadado y feliz al mismo tiempo.

Le dije a un hombre que bailaba a mi lado que nosotros también luchábamos por él y él escupió y gritó que nosotros estábamos provocando una tragedia y pensé en el primo de mi padre, que había muerto en la masacre de la refinería de Haifa, en mi abuelo, que había construido una sinagoga en Tel Aviv cuando llegó de Ternópol, unos meses después de que mi padre los salvase del exterminio que ya sabíamos que era inminente. Me llamaba Yoiram y preguntaba en yiddish: «¿Has ido ya a la sinagoga?». Después no recuerdo nada salvo algo que tal vez me inventé y no ocurrió, o puede que sí ocurriese: una niña estaba escondida en un portal oscuro y me sonrió y yo le sonreí y pensé en abrazarla, pero desapareció.

19

En este punto, en las cosas que escribo una y otra vez, con el calor, el ruido, la angustia, el dolor, la ira y la confusión, existe un problema de memoria. Lo que he contado hasta ahora puede condensarse en un periodo de tiempo de dos semanas: Saris, Bet Mahsir, Hamasrek, Dayr Ayyub, Nabi Samwil, la Ciudad Vieja, El Qastel y otros lugares como Qalunya. Todo eso puede concentrarse en dos semanas seguidas. Pero yo estoy escribiendo sobre cinco meses. Todo lo que puedo ver en mi mente son personas cayendo como muñecos. En mi mente oigo tangos de los discos cogidos en los pueblos árabes. Recuerdo una caravana de prisioneros árabes y jordanos conducidos por soldados de las tropas de Jerusalén. Con esa imagen regresé de la guerra.

Regresé con un movimiento ilógico de cuerpos jóvenes cuyo rostro no podía verse al caer y estaban muertos y caían y no podía entender cuándo habían muerto y empezado a caer o al revés. Recuerdo, por ejemplo, dos cosas distintas. Las dos aparecen en lo más profundo de mi cerebro con claridad. Una debe de ser errónea, pero no tengo ni idea de lo que ocurrió realmente.

Recuerdo que me dispararon en el asalto a la puerta de Sión. Antes habíamos tomado el monte Sión. Disparé el Davidka y le dimos a la cúpula del monasterio, fue una herida que permaneció durante muchos años en lo alto del monasterio. Yo iba a Jerusalén y decía a mis acompañantes mirad, yo disparé contra ese tejado. *Big deal!* ¡Qué gran héroe! Destruí un tejado más hermoso de lo que yo sería jamás.

El enemigo escapó y esperamos allí a que amaneciese. No sabía por qué esperábamos. Al alba empezó a hacer calor. Formamos y creo que Dado dijo que ese era un momento histórico, después de dos mil años regresábamos a la explanada del Templo, a nuestros orígenes, a la Ciudad Vieja, a la Ciudad de David. Empezamos a atacar la puerta de Sión y dos balas, que me hicieron un siete, me alcanzaron en la pierna, entonces caí de espaldas enfrente de la muralla.

El dolor era intenso y no podía moverme. Los combatientes no me vieron caer y siguieron adelante. Puede que conmigo hubiera otros dos heridos pero la luz del sol me cegaba. Cuando abrí los ojos, vi sobre la muralla a un hombre cubierto con la kefia roja de la legión árabe apuntándome con un rifle, o puede que fuera una metralleta. La luz se volvió más clara. Vi uno de sus ojos clavado en mí. El otro ojo al parecer me veía a través de la mirilla del rifle o de la metralleta que me apuntaba. Yo llevaba la ropa blanca de marinero británico y comprendí, no sé cómo, que aquel hombre era inglés, de modo que tenía que ser un oficial.

No gritó. No dijo ni una palabra. Estábamos a unos veinte metros de distancia el uno del otro y supe que era el fin. Me disparó y erró el tiro, enseguida lo arreglaría. Eso es lo que hace un soldado. Un soldado mata. Me concentré, eso creo, en el círculo de la boca abierta del arma. Recuerdo que el círculo parecía más grande de lo normal. Esperé. Era todo lo que podía hacer. La sangre aún me brotaba de la pierna. Estar esperando la muerte no es lo mismo para un hombre joven que para un anciano.

Casi sesenta años estuve después esperando otra muerte, que llegó pero no me doblegó, y sentí que era el fin, pero me resultaba agradable no volver a una vida de miserias. Sin embargo, por aquel entonces, en la guerra, de joven, yo aún estaba en pañales. Solo tenía futuro y no había más presente que la muerte. Entonces no sabía qué eran los finales. No sabía nada salvo citas de Shlonsky, de Bialik, de Spinoza, de Dostoievski, lo que me había enseñado Tony Holle, fundadora del Instituto Nuevo, Tijón Jadash, que como era una revolucionaria y de su colegio salieron tantos genios, hoy en día lo llaman «el elitista Instituto Nuevo». Entonces no entendía qué era la muerte que se me avecinaba. Tenía la cabeza llena de paja.

Iba a empezar a vivir, tal vez incluso llegara a besar a una chica, pero sabía que me quedaba un minuto o dos de vida y recuerdo mejor que cualquier recuerdo que haya tenido nunca, como si estuviese ocurriendo ahora, una súplica dirigida a la boca del arma para que ocurriese ya, una especie de deseo de que terminase ya, de que no me hiciese esperar más, recuerdo mi cuerpo ansiando que todo terminase. Vi que me fluía la sangre y la hermosa muralla brillando con la fuerte luz del sol y vi los colores que la tocaban y el ojo del hombre y puede que quisiera gritarle pero no tenía voz. Cerré los ojos para no ver el final y ya no tuve miedo. Guardé ese miedo para el resto de mi vida, cuando me despertaba noche tras noche durante décadas con pesadillas, me movía y veía esa boca y no había nada.

Apreté los párpados con fuerza, realmente no podía esperar más, y tal vez pensé, tal vez, tal vez no pensé, tal vez pensé de antemano que no sentiría cómo la bala que me esperaba entraría en mi cabeza ni cómo seguiría vivo unos segundos de camino hacia la muerte, y entonces, no tengo ni la más mínima idea de cuánto tiempo pasó, abrí los ojos y tuve una gran sorpresa. No había muerte. No había sangre nueva. El dolor permanecía en el mismo sitio que antes. No estaba el cañón apuntándome, no estaba la kefia, el hombre sencillamente había desaparecido.

Fue el momento más incomprensible que he vivido nunca. ¿Qué hago aquí? El dolor que siento soy yo. Soy la muerte que vaga desde mí hacia el dolor y hacia la tierra que hay debajo de mí. El sol me alumbraba, me sentí iluminado y solo años después intentaría enterarme de quién era aquel hombre.

Contactó conmigo en París en 1950. Conversamos mucho y no supe hasta el final quién era. Comprendí que, efectivamente, era un inglés al servicio de Su Majestad el rey Abdallah II. Me dijo que entonces le parecí un bello ángel de Dios, debido a la luz y al uniforme blanco. Yacía como Jesús con los brazos abiertos. Vio mi sangre brotándome de la herida y pensó que era Jesús en la cruz. Me dijo por teléfono: puede que bebiese demasiado la noche anterior, cuando conquistasteis el monte Sión. Te miré y te apunté, pero te di en la pierna.

Debería haber terminado el trabajo y matarte, estabas enfrente de mí, parecías una alfombra pequeña y blanca, pero no pude matarte. Era amigo y enemigo. Intenté matarte pero también te salvé. Te amaba y te odiaba. Pensé que habías muerto y dije que había matado a un hermoso joven junto a la puerta de Sión, dijeron que no habían visto ningún cuerpo y pensé que se lo habrían llevado.

Esta historia ya está escrita. Y, en efecto, un hombre realmente contactó conmigo. Él sabía lo que me pasaba. Él me previno. Él sabía cosas de mí que nadie sabía, pero no vino a ninguna de las citas que le pedí. Una vez, en los años setenta, fui a Los Ángeles para trabajar en un guion de cine. Llegué al aeropuerto y el productor me había dejado una nota en un coche alquilado para que fuera al hotel Intercontinental, en Westwood, encima de Wilshire. El director con el que iba a trabajar no sabía exactamente cuándo llegaba ni a qué hotel iría. Debía llamarlo por la mañana. Llegué al gigantesco hotel. Las primeras cinco plantas eran un aparcamiento. Cundo estaba esperando a registrarme, cambié de idea y me dije: no he venido a Los Ángeles para hospedarme en un monstruo de cemento. Al lado del hotel vi un motel encantador, como los de las películas, rosa y rodeado de palmeras, me registré, me dieron una habitación y me senté en la cama, cansado del viaje, entonces sonó el teléfono y descolgué, nadie en el mundo sabía dónde estaba, y el oficial británico estaba al aparato.

Me dio la bienvenida y dijo que, en la habitación en la que estaba, la hija de la actriz Lana Turner, la que solo había estado casada ocho veces, había matado hacía muchos años a Johnny Stompanato, el amante de su madre, y que después había sido declarada inocente. Me resultaba extraño estar en esa habitación cuando abajo, en la piscina, se bañaban jóvenes actrices que habían ido a Hollywood para ser descubiertas.

La última vez que hablamos estaba agonizando, se le oía medio muerto y quería decirme quién era pero no podía y una mujer, tal vez su esposa, gritaba con voz ahogada: díselo de una vez, pero él no dijo nada y desde entonces no volví a oír su voz. Descanse en paz.

También hay otra versión. Una persona que conocí no hace mucho me dijo que recordaba que habíamos luchado juntos durante la conquista del monte Sión. Recordaba detalles sobre mí de los que yo no me acordaba y me contó que fui herido allí mientras los soldados escuchaban el discurso del comandante y se preparaban para irrumpir en la Ciudad Vieja. No recordaba quién era el orador, Uzi Narkis, Raanana o puede que Dado, pero sí que en aquel dramático discurso el hombre —estoy seguro de que fue Dado— dijo que después de mil ochocientos años íbamos a entrar en la Ciudad Vieja, a atravesar la muralla y a llegar a la explanada del Templo. Dijo que yo yacía con grandes dolores mientras nos disparaban desde lo alto de la muralla, que yo quería unirme a la compañía pero no podía moverme y que los muchachos se tendieron allí y no quisieron obedecer y seguir adelante. Y al final recordaba que Dado o Uzi Narkis pidieron voluntarios y algunos se ofrecieron, hubo una dura batalla, reventaron con explosivos la puerta de Sión mientras yo, dijo el hombre, que conducía un vehículo blindado, evacuaba a los heridos hacia un monasterio o algo así, y un enfermero intentó vendarme pero no se lo permití y el enfermero dijo, eso dijo el hombre, que yo quería morir porque no había conquistado el monte.

Recuerdo que me llevaron al monasterio italiano. Recuerdo que me tendieron en una sábana blanca, mi primera sábana blanca después de cuatro meses. Una enfermera mayor y de ojos tristes me dio medio vaso de agua, detuvieron la hemorragia y me pusieron una inyección para el dolor. Me acosté en una cama y el techo era muy alto. En él había pintados ángeles pálidos que casi se habían borrado. Una monja me trajo una venda enseguida, también la herida de la mano me dolía, pero la pierna estaba negra y llena de un dolor que presionaba. Miré el techo, era tan hermoso, era tan agradable después de todo ese tiempo estar tumbado en la cama sobre una sábana, con paredes, con techo, con suelo, con olor a medicamentos, pero se oyó una explosión y el techo se nos vino encima y las enfermeras y las monjas que hacían de enfermeras corrieron hacia dentro y nos trasladaron al sótano del monasterio, un lugar gris y triste. Yacían allí decenas de heridos, unos se lamentaban, otros lloraban, hubo algunos que al parecer murieron durante el traslado. Parece que yo tenía mucha fiebre y empecé a delirar.

El sótano bullía de heridos, aquello era agobiante, el dolor y la pestilencia reinaban. El techo era circular. Había orinales junto a los harapos que hacían de colchones. Enfrente de mí, sobre la pared, había un cuadro del Niño Jesús y su madre, y una de las monjas me examinó y me llevaron a una habitación que parecía un matadero. Corría la sangre. Los heridos eran amputados. Gritaban. Lloraban llamando a sus madres. Se lamentaban. Médicos cubiertos de sangre trabajaban duro. Uno de ellos se acercó a mí y me dijo su nombre y dijo que me habían descubierto principios de gangrena y que tenían que amputarme la pierna. Añadió también que ya habían amputado las piernas de Ori y de Margolin, que habían llegado conmigo en el blindado. Ahora había llegado mi turno y no había medios para anestesiar. Los soldados estaban tan cansados que lo aceptaban todo, solo dadnos un poco de agua. Dadnos esperanza, alguna esperanza, que ahí se daba a cuentagotas a los que se retorcían de dolor.

Temblaba de miedo, no quería perder la pierna. No sé cómo convencí a alguien para que llamase a un pariente lejano que era médico en Hadassah. Sabían quién era y vino. No se acordaba de mí, pero apreciaba a mi madre y me dijo que era una mujer fantástica y muy valiente, entonces hubo una fuerte discusión y, mientras gritaban, vi cómo amputaban la pierna a un soldado que aullaba de dolor y su sangre llegó hasta mí. Mi pariente dijo que no tenían penicilina para detener la maldición, que era como llamaban a la gangrena, y que los pilotos de los Primus llevaban dos días intentando lanzar medicamentos y penicilina, pero que no lo lograban por culpa del viento.

No sé por qué se apiadaron de mí o tal vez pensaron que de cualquier forma moriría. Me tumbaron en una cama estrecha, me ataron fuerte, trajeron a Eskimo, que era el mayor matón de la brigada y que años más tarde se convertiría en coronel en asuntos de golpes. Eskimo trajo a un soldado que agarraba una botella, yo estaba aturdido por el dolor, Eskimo me metió en la garganta con sus manos de hierro una botella de un líquido fuerte, que después supe que era coñac. No me dejó vomitar, me tragué media botella y casi me ahogué.

Eskimo empezó a darme puñetazos. Yo me encontraba aturdido y no sabía dónde estaba. En medio del desmayo distinguí a dos médicos que me abrían la pierna y sacaban la única bala que había quedado dentro. La otra había salido. Eskimo siguió golpeándome y recuerdo una gran nube en sus ojos, ese hijo de perra, ese bastardo, golpeaba y golpeaba y yo no estaba allí, estaba flotando, estaba aullando de dolor. Luego me desperté y creo que vomité hasta el alma. Me llevaron a otra habitación, me acostaron, dijeron que mi pariente se había marchado y que había dicho que volvería a verme y que tenía que ser fuerte y valiente. Estuve un día entero inconsciente por el dolor. Entró un médico y dijo que uno de los dos pilotos que estaban intentando lanzar los medicamentos había logrado arrojar una carga de penicilina, de modo que me salvé.

Volvieron a llevarme a la sala grande y cada tres horas me inyectaron penicilina en el culo, que se convirtió en un colador lleno de agujeros. Poco a poco empecé a percibir cosas y a sentir mi cuerpo y los dolores fueron remitiendo. En el colchón de al lado tendieron a un hombre que no tenía ojos ni piernas y estaba agujereado por la metralla. Me vi ante un joven deshecho sobre un colchón enrojecido. Lloraba. Nunca antes había visto llorar a alguien sin ojos. El chico era un despojo humano y murmuraba todo el rato «dispárame..., dispárame».

A veces había a su lado un hombre joven, que decían que era su hermano y que también estaba herido, pero leve, y dijo que dispararía a su hermano si no mejoraba, pues qué vida le esperaba, y yo sentí afinidad por aquel joven medio muerto. Tal vez incluso envidia de que él estuviese tan gravemente herido. Intenté tocarlo, pero no logré llegar hasta él. Él lo intuyó y volvió sus ojos cegados hacia mí y creo que vi una sonrisa en su ceguera. Me dijeron que antes lo llamaban el Rey de Jerusalén.

Al cabo de unos días, mis heridas empezaron a cicatrizar. Oíamos constantemente los proyectiles golpeando la ciudad. Oíamos gritos por todas partes. Apenas hablábamos unos con otros. Cada uno yacía en una burbuja de dolor. Nos daban un vaso de agua al día. Llegó un gilipollas con una guitarra. Un viejo imbécil que cantó una estúpida canción sobre que esperaría a Elisheva al día siguiente a las siete y que la guerra era un sueño bañado de sangre y de lágrimas, y que luego dejó la guitarra.

Aquel cómico estúpido empezó a contar chistes sobre un inglés, un francés y un judío en un prostíbulo y otros por el estilo. Siguió contando chistes malos y al final se calló y nos clavó una mirada furiosa. Parecía que quería matarnos. El cómico preguntó con ira: por qué al menos no aplaudís, hago esto gratis y solo por vosotros, pero no podíamos reírnos y gritó desesperado: aplaudid, bastardos, me voy y no volveré. Le dije que era una estupenda noticia y me miró con ira y dijo: ¿no tienes un poco de compasión por alguien que trabaja duro? Me resulta muy duro ir por ahí viendo todo este dolor, solo quiero reconfortaros un poco, por qué no os reís, al menos por mí, o aplaudís. Alguien al fondo de la gran sala gritó: señor, no le aplaudimos porque no tenemos manos, y el Rey de Jerusalén susurró «dispárame, dispárame», y sentí un intenso dolor. El cómico se fue triste, aunque tengo que decir que una de las enfermeras lloró de risa y un médico dijo que era muy gracioso. Después me encontré en la sala de operaciones. Ya había llegado la anestesia, volvieron a abrir la herida, me dormí y desperté sobre un colchón junto al Rey de Jerusalén y el tiempo volvió a correr.

Una noche vimos a varios médicos llegar juntos, nos miraron. Nos hicimos los dormidos, o puede que estuviésemos dormidos de verdad, y nos despertamos en medio de una especie de ruido casi imperceptible que presagiaba algo. Luego supimos que juntos habían puesto una inyección letal al Rey de Jerusalén. Su hermano disparó al aire, gritó en recuerdo del rey y lloró, y una enfermera vino a inyectarme algo y pasó un día o tal vez más y me encontré en un vehículo blindado, en medio de la ciudad sitiada por los proyectiles y vacía de gente, siendo conducido a la pensión Bickel en Bet Hakerem.

Al parecer, antes era un lugar bonito y agradable, pero con decenas de heridos, enfermeras, retretes atestados y hediondos, sin agua y con una comida para ratas, aquello era una especie de matadero, pero con jabón. El lugar emanaba un olor a delicados jabones de sanatorio, restos de días saludables que ya no existían, pero ¿qué se podía hacer sin agua con todos aquellos jabones que olían a esplendor? Los jabones ya solo se usaban para perfumar los retretes.

Pasábamos casi todo el rato fuera y quien podía se arrastraba por la hierba. El estruendo de los proyectiles se oía también ahí. Se veían nubes de humo. Éramos de segunda mano. No valíamos mucho. Ya no podíamos combatir. La nación no necesitaba a heridos medio muertos sobre su conciencia. Lo que nosotros queríamos era un tomate fresco, sandía, no hojas secas, migas de pan y un pepino escuálido y apestoso. Nos tumbábamos como bestias famélicas, enfadados con aquel en quien nos habíamos convertido, sobre la hierba amarillenta que nos pinchaba por falta de riego. Por la mañana temprano era agradable tumbarse en nubes de rocío. Luego salía el sol y secaba los cardos pero los pájaros ya no venían, tenían miedo y nos odiaban porque no podíamos darles de comer. Ningún oficial, soldado, alcalde o dirigente del Palmaj fue a visitarnos. Había unos cien hombres allí. Estábamos separados no solo de nuestras casas, sino también de nuestros compañeros, que seguían luchando.

Me cuesta recordar qué hacíamos exactamente allí y qué ocurrió realmente. Solo recuerdo que una intensa y humillante pena entró en mis huesos. Estaba escayolado. Para salir a la hierba necesitaba ayuda y no había quien me llevase de vuelta, todos eran heridos que en cualquier otro lugar y tiempo aún tendrían que haber estado hospitalizados, pero no había más sitio en los hospitales. El director de la pensión Bickel y sus trabajadores hacían todo lo posible por hacernos los días agradables en aquel hospital temporal, que era un pequeño templo sin Dios y sin más medicamentos que las inyecciones de penicilina cada tres horas.

Del alto el fuego declarado nos enteramos por las enfermeras. Los proyectiles cesaron de pronto. Se veían soldados fumando en la calle junto a la pensión. Se veía gente vestida con exagerada elegancia paseando perros delgados mientras miraba sin cesar hacia arriba para asegurarse de que la calma continuaba. Poco a poco, comenzaron a devolvernos a nuestras ciudades, a nuestros pueblos y a nuestros kibutz. Llegó una ambulancia a recogerme a mí y a unos cinco heridos más. Nos trajeron un poco de agua potable que había empezado a llegar a la ciudad, las enfermeras comprobaron que nuestros vendajes estuviesen bien y nos pusimos en marcha. Nos dijeron que íbamos por el camino de Burma, que se había abierto hacía poco.

La ambulancia saltaba. Era un camino confuso y lleno de baches. Me golpeé muchas veces en el techo cuando la ambulancia saltaba demasiado. El viaje duró unas seis horas, mi reloj, el que me habían dado después de que el mío se estropeara, se paró y el tiempo se alargó eternamente. Hacía calor en aquella ambulancia. No había enfermeros ni enfermeras con nosotros y estábamos atados. Pasamos por encima de rocas que sentimos como si acabaran de explotar. El paisaje era montañoso y escarpado. Cantamos «*Yama yama yama shurba*», «*Samara hop hop hop*» y «Ser el último sácatelo de la cabeza» y, sobre todo, «Señores, la historia se repite» y «El 16 de junio del 46» y llegamos al *wadi* y nos sacaron.

Nos quedamos tumbados al sol sobre las camillas que habían sacado de la ambulancia. Frente a nosotros se veía un *wadi* ancho y profundo y *jeeps* trasladando heridos de un lado a otro. Esperamos a que llegase nuestro turno. Me subieron con otros dos a un *jeep* que cruzó el *wadi* dando tales saltos que, comparado con eso, lo de antes parecía un viaje entre algodones. Al otro lado esperaban ambulancias y vehículos blindados, nos subieron a ellos y llegamos a Sarafand.

Nos metieron en una gran habitación donde había

mesas repletas de hortalizas, frutas, huevos duros, bidones de agua, zumos, café frío, panecillos y tabaco. ¿Quién había visto cosas así en los últimos meses? ¿Cómo sabíamos lo que estábamos viendo? Nos quedamos atónitos, yo con la escayola y los demás sin brazos o sin piernas o con una sola. Contemplamos aquel tesoro ante nosotros y los jugos gástricos se nos activaron, pero no nos movimos. Comenzó una especie de suspiro colectivo procedente de los estómagos de unos doscientos hombres.

Alrededor de las mesas vimos a unas mujeres que no conocíamos corriendo de un lado a otro y gritándonos que comiésemos de inmediato y que bebiésemos de una vez, pero nosotros no podíamos. Estábamos perplejos. Poco a poco fuimos acercándonos a las mesas y empezamos a mover los labios y a reírnos, con una risa horrible, una risa terrible, y empezamos a tragar aire y entonces, tras unos tragos de aire y un rugido de tripas que me llegó al paladar, empezamos a comer y a beber. Los vientres se hincharon, pero no paramos. Recuerdo que mastiqué por un lado de la boca un pepino fresco y por el otro un trozo de pan tierno con comino, recuerdo bien que era comino. Estuvimos engullendo hasta que empezamos a caer. Comenzamos a agarrarnos las tripas y a retorcernos. Las mujeres se asustaron y corrieron a llamar a médicos y enfermeras, que se lanzaron sobre nosotros y nos metieron la cabeza en las bañeras para que vomitásemos y vomitamos hasta el alma e intentamos cantar y estábamos doloridos, exhaustos, empachados, enfadados y avergonzados, y no tengo ni idea de cómo acabó todo aquello.

Después me trasladaron al hospital Donolo en Yafo.

Me examinaron. Me cambiaron la escayola. Me pusieron una inyección. Me lavaron. Una monja me sujetó para que no cayese y me metió en el baño, fue el primer baño desde que me lavara en el patio de Kiryat Anavim y me permití dejarme llevar. Me enjabonaron, me cortaron pelo que tenía lleno de greñas, me afeitaron y, unos días después, cuando el estómago dejó de molestarme, me llevaron en ambulancia a casa de mis padres. Llegué por la mañana. Se había extendido el rumor de que regresaba. Había gente en los balcones y me arrojaron caramelos y flores, pero mis padres y mi hermana no estaban. Mi madre tenía clase a esa hora en el colegio y mi padre estaba en el museo. Todos se abalanzaron hacia mí con emoción, pero ninguno se acordó de que mis padres no estaban allí. Cuando pasó la oleada de entusiasmo volvieron a sus quehaceres. Entonces subí despacio al tercer piso y esperé. Mi hermana Mira, que por entonces era una niña, regresó a casa del colegio, se impresionó y me hizo entrar en casa y mis padres, que al parecer fueron avisados, llegaron corriendo. El niño había regresado de las batallas.

Después de unos días en casa de mis padres, volvieron a llevarme al hospital Donolo, situado en la playa de Yafo. Unas semanas más tarde me quitaron la escayola y me esforcé por caminar. Me empeñé en regresar a los combates, que iban a reanudarse después de que expirara el alto el fuego. Llegó Gavrush y me preguntó cómo estaba. Dije: mejor. Me preguntó: he oído que quieres volver. Dije: sí. Me invitó a unirme a otros combatientes de la brigada Harel que no habían muerto y dijo que debíamos reunirnos en Ramla para formar un comando de la brigada. Explicó que había que ir al edificio de la Ópera, donde se había establecido la comandancia de las fuerzas navales. Dijo que allí les cogeríamos su *jeep* y nos dirigiríamos a Ramla.

Esa misma noche me escapé del hospital. Me encontré con dos compañeros que me estaban esperando y llegamos hasta la puerta de la comandancia, donde había dos guardias. Dijimos que habíamos ido a por el *jeep* porque lo necesitábamos en Jerusalén. Ellos no entendían hebreo y hubo una gran confusión. Vencimos a aquellos jóvenes que acababan de ser reclutados y nos dirigimos hacia Ramla en ese *jeep*.

Ramla estaba vacía y rodeada de alambradas de espino. En su huida, los habitantes de la ciudad, que habían sido expulsados o se habían escapado, dejaron olores, ropas y muebles. Su ausencia era como una sólida presencia. Ramla, la capital de las dunas, Ramla, la ciudad bulliciosa con hermosas casas, con calles anchas, con acacias y sicomoros de tupidas copas plantados en sus bellos bulevares. Pero estaba vacía. Ramla, que brillaba con el sol ardiente de los mediodías de verano, estaba como si hubiese pasado por ella una tempestad que hubiese destruido todo lo vivo y dejado solo las construcciones. La ciudad estaba aislada del resto del país. La rodeaban barreras de alambre de espino. Soldados, en su mayoría inmigrantes que no hablaban hebreo, la vigilaban. Asnos perdidos rebuznaban por las calles desiertas. Un camello rumiaba lentamente como sin comprender dónde se habían metido sus amos. Palmeras, chumberas y olor a comida quemada. En las casas se veían mesas dispuesta para comer. Había comida reseca en los platos. Perros famélicos rebuscaban frenéticamente en los montones de basura mientras sus ladridos sonaban como gritos que retumbaban en el vacío.

Una gran escoba había pasado por la ciudad y lo había barrido todo: niños, mujeres, ancianos, jóvenes, y había dejado sus huecos. El vacío de Ramla me produjo una gran congoja y, a pesar de los horrores de la guerra que había vivido hacía bien poco, no pude permanecer indiferente ante aquello, aunque tengo que reconocer con vergüenza que, en ese momento, no fui capaz de enfurecerme realmente. Era joven. Había visto compañeros muertos. Había visto atrocidades en los dos bandos, me había vuelto impermeable, me daba la impresión de que no tenía sentimientos. La ausencia que vi al llegar me molestó, pero no me causó ningún trauma. Permanecimos en Ramla unos días y, por las noches paralizadas por el doloroso silencio, me parecía oír el cemento moverse. Bien entrada la noche llegaban los chacales hambrientos, rodeaban la ciudad y aullaban.

Dos o tres días después de mi llegada, fui cojeando despacio hacia la cercana Lod, que también por entonces estaba vacía. Me dirigí a la vieja estación de tren. Cuando era pequeño, íbamos a Haifa por Lod. Era la mayor estación ferroviaria del país. Allí se encontraba el único cambio de agujas del país. Desde pequeño recuerdo el olor del carbón quemado mezclado con el del cardamomo, el olor de los cítricos de los campos que rodeaban la ciudad, el olor de las algarrobas caídas en el suelo, el olor del espliego y la artemisa, el bello aspecto de las silvestres buganvillas malvas, los vendedores que estaban en la entrada de la estación cubiertos con turbantes, tocando los platillos y vendiendo gigantescos y olorosos *bagels* con rítmicos gritos.

Deambulé por la Lod vacía. El único olor que quedaba allí era una mezcla de humo, ceniza y polvo. Las locomotoras aún estaban allí pero sin los trenes, que ya habían sido trasladados a Tel Aviv. Las locomotoras parecían gigantescas bestias de hierro. Los cuervos graznaban por todas partes en busca de carne putrefacta. Regresé despacio a través de los campos. Hacía calor. Las flores de verano agonizaban bajo una alfombra de cardos. Vi ropa tirada, zapatos resecos por el sol, sombreros que habían comenzado a deteriorarse. En lo más profundo de mi cabeza se empezaron a oír los pasos que huían de aquellas ciudades. Se veían algunas solitarias y valientes amapolas que habían sobrevivido al invierno. Una calma pastoril reinaba sobre la aridez y el constante olor a humo y putrefacción.

Junto a una larga barrera de alambre de espino, al lado del camino, vi gente. Mucha gente agrupada. Las mujeres lloraban, aullaban y suplicaban. Los niños gritaban con rabia y dolor. Los hombres gritaban y también lloraban y chillaban. Me dirigí hacia ellos. Cuando me acerqué, apareció un soldado israelí que, como pude comprobar por el color y la forma de su uniforme, acababa de ser reclutado. Temblaba de miedo y daba la impresión de no saber cómo se agarraba la Sten. Parecía que no estaba seguro de si yo era amigo o enemigo. En un hebreo balbuceante me ordenó que me fuera de inmediato y regresara a Ramla. Quise llevarle la contraria, pero estaba desarmado y, al final, él consiguió apuntarme con la Sten. Por la expresión de sus ojos comprendí que tal vez, sin querer, por falta de pericia, podía darme. Le pregunté quiénes eran aquellas personas que me miraban con ojos implorantes, que intentaban atraer mi atención y me pedían que tuviese compasión. El soldado dijo: ¡no son más que árabes! Intentan regresar a Ramla. Tienen prohibido regresar.

Le pregunté quién lo había prohibido, ya que esa era su ciudad. Me dijo: no seas imbécil, ya no lo es. Me sonrió como si se hubiese percatado de que yo era retrasado mental. Me enfurecí conmigo mismo porque, al entrar en la ciudad, había sentido el vacío solo desde el punto de vista formal y no había sentido realmente lo que había precedido a aquel vacío. Ahora tenía rostro, cuerpo, dolor. Ropa. Niños. Ancianas que se tumbaban sobre los cardos y chillaban. Hombres con trajes, pero no siempre calzados, que imploraban. Dolor. Nostalgia. Humillación. Sentí que era cómplice de un delito, sentí que la conciencia que me había acompañado durante mi juventud, en la que había confiado siempre, se había dormido en aquel momento crítico, porque ¿qué podía hacer?, ¿luchar contra un soldado de un Estado que yo acaba de ayudar a fundar?

Nuestro comandante me vio regresar a Ramla y vomitar y me dijo (y debo decir que había cierta compasión en su voz): ellos son ausentes presentes. Pregunté: ¿qué? Y él repitió: ¡ausentes presentes! Un concepto que después se perpetuaría en las leyes del Estado. No entendí el significado de esa expresión. El monstruoso término «ausente presente», que hasta hoy en día me resulta como tomado de un libro de ciencia ficción, estaba fuera de mi entendimiento. Cualquier árabe que saliera de una ciudad conquistada hasta el 14 de mayo de 1948, que fuera a visitar a alguien, a comprar algo, incluso a visitar a un familiar en otro lugar fuera del territorio de Israel y quisiese volver era como si no hubiera estado ahí antes. Era un presente porque estaba ahí y era un ausente porque no estaba.

Al cabo de dos días, un día antes de que tuviésemos que salir hacia las batallas que volvieron a producirse en el desierto de Néguev, una flota de camiones surgió de la oscuridad. Eran camiones viejos y el estruendoso chirrido de sus ruedas se oía a gran distancia. Atravesaron las barreras de alambre como si fuesen de algodón y los soldados que guardaban la ciudad huyeron ante su presencia. La flota de camiones, que asaltó las calles vacías de la ciudad, rompió el silencio nocturno de Ramla. Cuando se detuvieron, saltaron de los camiones unas personas como jamás había visto. En pleno verano eretzisraelí iban vestidos con capas y capas de ropa de invierno, oscura, zurcida, rasgada, descolorida. Llevaban extraños sombreros, boinas, gorras como en las viejas películas. Gritaban, hablaban en una mezcolanza de idiomas: búlgaro, polaco, ruso, griego, yiddish, alemán. Llevaban de la mano a niños chillones y cargaban con recelo sus ajadas maletas. Parecían como una plaga de langostas que ataca una ciudad. No se dirigieron a las casas vacías. ¡Las asaltaron! Se lanzaron sobre ellas con hambre, con avidez, mientras los dueños de esas casas permanecían junto a la alambrada lejana con la esperanza de regresar, o tal vez ya se habían dado por vencidos y se arrastraban en caravanas hacia lo desconocido.

Aquellos judíos que llegaron estaban enfermos. Estaban angustiados y no se percataron del vacío de las casas. Estaban desprovistos de romanticismo y de pensamientos sobre la justicia y, a diferencia de mí, no vomitaron por una falsa mala conciencia. ¡Encontraron un lugar bajo el sol! La ausencia árabe era desconocida para ellos. Tampoco les interesaba. A mis irritantes preguntas respondieron: ¡Si esos refugiados tienen adonde ir es que su situación es buena! Nosotros hemos vivido más de diez años tras alambradas de espino. ¡Qué puede entender un *sabra* como tú!

Mostraban una total indiferencia hacia lo que les rodeaba. Todo les resultaba extraño: el calor, los crisantemos, los camellos, las chumberas, los olores, los burros, el sol resplandeciente. Cuando vi a varias familias asaltando una casa que acabábamos de evacuar, vi personas llegadas de otra galaxia, personas que estaban más allá de cualquier deuda moral. Llegaban del cubo de basura de la historia. Tenían razón porque habían sobrevivido, es decir, se consideraban demasiado pecadores como para ser juzgados.

Tiraron lo que no les pareció apropiado, cogieron comida de los frigoríficos y comieron, recogieron ropa de los armarios y de las cómodas, la doblaron y la empaquetaron, como si enseguida fueran a verse obligados de nuevo a errar. Hicieron fuego en los patios y asaron la carne de las ovejas que capturaron en los campos. En los dos días que estuve allí vi a unas mil quinientas personas, tal vez más, establecerse en una ciudad extraña para ellos, cuyo nombre no habían oído jamás, y nada más llegar, aunque no sabían pronunciar su nombre, convertirse en sus dueños.

No paraban de moverse, vendían y compraban. Llevaban relojes bajo las mangas de los abrigos y vendían dientes de oro y anillos, cigarrillos Players y Craven A y condones. Estaban llenos de hostilidad hacia el mundo, una hostilidad cuya naturaleza yo no podía comprender. Aquello era una jauría de chacales que había bajado de las montañas negras. Gentes que habían salido del infierno para regresar a la historia, que yacía golpeada y aullante sobre las alambradas de espino.

El aspecto de los judíos que ocuparon las casas era terrorífico, pero también estaba ungido con una especie de belleza humana que hacía difícil juzgarlos. La última vez que alguno de ellos había tenido una casa o un piso propio donde vivir había sido en los años treinta. Decían, y recuerdo una conversación incisiva en un hebreo florido, ¡nosotros, a diferencia de los árabes, no teníamos países vecinos adonde ir! Aquellos niños, que habían nacido en los campos alemanes o británicos, no sabían cómo era una casa que no estuviese rodeada de una alambrada de espino. Nadie les dio las casas, ellos irrumpieron a la fuerza, eran más fuertes que los israelíes. A su lado, nosotros éramos chistes andantes, unos arrogantes engreídos porque habíamos vencido en una guerra de Mickey Mouse. Para ellos una guerra era Wehrmacht, nazis, Gestapo, tanques, trenes de carga, barracones en la ceniza y dirigirse a Dios a través de los crematorios. Ellos habían pasado una guerra en la que no habríamos podido vencer con luchas cuerpo a cuerpo, con ruinosas armas checas, con las hogueras y la pandilla, con o sin las canciones del Palmaj. Ellos se sentían unos pobres desgraciados y habían vencido porque estaban vivos. Ellos atravesaron las alambradas de espino como los niños abren una tableta de chocolate. Ellos cogieron. Ellos se quedaron.

21

Una tarde, en Ramla, mientras esperábamos a alguien del que nadie sabía nada, llegó un oficial y dijo que nosotros seríamos la punta de lanza de un nuevo batallón que se llamaría el Décimo Batallón del Palmaj. Dijo que saldríamos al día siguiente hacia Abu Gosh. Como mientras tanto se habían conseguido unos cuantos *jeeps* más, robados a otras unidades, subimos con una caravana de *jeeps* por el camino de Burma hacia Abu Gosh. A nuestro lado iba una caravana de camiones que llevaba alimentos a Jerusalén. Algunos de los nuestros treparon a los camiones en marcha y cogieron huevos, pan, arenques, arroz y no recuerdo qué más y subimos hasta el pueblo grande que estaba vacío. Las casas estaban abandonadas, pero salía de ellas un aroma diferente del que había en Ramla. Aroma a traición. Aroma a un pueblo que tendría que haberse quedado porque sus habitantes eran los únicos de la zona que habían ayudado a los judíos.

Ocultamos los *jeeps* entre los olivos y nos alojamos en algunas casas vacías. Llegaron otros soldados que no conocíamos, supervivientes de todo tipo de batallones que habían sido aniquilados. Había un chico con kipá que estaba leyendo el Libro de Oraciones. Salió a buscar algo de comer y yo hojeé el libro. Cuando era joven leía el Libro de Oraciones de vez en cuando, y llegué al versículo: «La colina de la raíz es rechazada por los constructores». El versículo se me quedó en la cabeza. No lo entendí, pero me abrazó desde un punto oculto en mí que conocería años más tarde. El chico tenía también una Biblia y, pasando las hojas, llegué a Ezequiel y leí: «¡En tu sangre vive! Y te dije: ¡en tu sangre vive!»*, y sentí una gran tristeza. Por mí. Por nosotros. Por el Décimo Batallón del que una parte moriría en breve.

Alguien dijo una vez que la música de Wagner es mejor de lo que parece al escucharla. Los días en Abu Gosh estaban completamente vacíos. Beni Marshak llevó a un cuarteto para que tocase para los soldados. Envió a un violinista a un batallón. Un violinista y un chelista a otro batallón. Le dije que un cuarteto era una formación musical, que era un grupo que tocaba junto, unido, pero él me dijo que no tenía tiempo para las maravillas de la música y que un concierto no era el Pentateuco. También encontró discos de la *Quinta* de Beethoven, seis discos en cada estuche, y mandó dos discos aquí, varios allá y unos cuantos más a otra compañía.

Nos sentamos a esperar. El golpe de la ausencia era fuerte. Era difícil aquella espera. ¿Por qué habían expulsado a los habitantes? Al final llegó un oficial y dijo que el ayudante de Ben Gurión había exigido hacer volver a

---

* Este versículo de Ezequiel 16,6 se utiliza en hebreo moderno con el sentido de: «a pesar de todas las penalidades y los sufrimientos, sigue viviendo».

los habitantes de Abu Gosh porque se había cometido con ellos un acto abominable, entonces los árabes comenzaron a regresar y nosotros nos dispersamos. A mí me mandaron a Juara a un curso de oficiales. Allí me desmayé de dolor, descubrieron que mi pierna aún estaba mal y me enviaron a casa.

Lo primero que hice cuando volví fue lo que tanto se había comentado durante la guerra. Fui a la plaza Mugrabi y me detuve junto a la famosa cabina de teléfonos, sobre la que habíamos bromeado diciendo que después de los combates todos los supervivientes nos meteríamos juntos en ella, y, efectivamente, llegaron varios más y nos metimos juntos en la pequeña cabina.

Comenzó entonces una época compleja y confusa, aterradora y divertida. Pasé por una serie de tratamientos ambulatorios, escuchaba música, renqueaba por la ciudad buscando compañeros, que en su mayoría estaban muertos. En la fiesta de cumpleaños de un amigo, me subí a una mesa y pronuncié un discurso horrendo, atroz y agresivo contra todo, estaba como se llamaba entonces en pro del contra y, cuando terminé, me encontré solo, todos habían desaparecido, el anfitrión había entrado en la casa y lloré amargamente.

Al cabo de unos días, en la calle Herzl, me detuvo alguien que dijo que era policía militar, algo de lo que no había oído hablar antes, entonces pasó por allí otro chico y, como no teníamos la cartilla militar, nos detuvo a los dos. Casualmente, pasó también por allí un oficial de policía, que vio la detención, la carcajada que solté y al policía que parecía una especie de Micky Mouse. Él, que nos recordaba de la guerra, nos liberó y nos sugirió ir a la calle Allenby, junto a Herbert Samuel, a una oficina llamada oficina de regulación de soldados que no habían abandonado el ejército por propia voluntad.

El lugar estaba repleto. Todos buscaban sus propios expedientes, que estaban rotos y deteriorados. El mío lo encontré enseguida. Cuando llegó mi turno, un chico joven, que había sido reclutado hacía poco tiempo, miró los papeles y dijo: debo alistarte en el ejército. Dije: ¿en qué ejército? Dijo: en el Ejército de Defensa de Israel. Pregunté: ¿en nuestro ejército? Dijo sí. Dije: ha llegado la hora de jurar lealtad al Estado de Israel, al que aún no conozco. Y, efectivamente, tuve que prestar juramento a un ejército en el que ya no serviría. Nada más concluir el juramento, me licenció del Ejército de Defensa de Israel y recibí la cartilla militar, entonces comprendí que había sido reclutado y licenciado en esa media hora, y eso me gustó.

Le dije al chico que era muy agradable licenciarse de un ejército en el que no había servido y que yo había servido en el ejército anterior. Se levantó y, en medio de la gran sala bulliciosa llena de soldados y de jóvenes detenidos por la calle sin cartillas, se cuadró ante mí. Aquello fue ridículo, pero emocionante. Intenté cuadrarme también ante él, pero no sabía cómo hacerlo. Me dio seis libras, como adelanto, rubriqué que el abajo firmante había sido licenciado y había recibido el pago por seis meses de servicio y regresé a la plaza Mugrabi. Me acerqué al vendedor de salchichas, que me reconoció y a quien como siempre tuve que decirle que Goethe era más grande que Shakespeare y él, después de tantos años, varió la respuesta y dijo: y también Schiller. Le dije que por el momento me fiaba de él.

Fui al café Piltz, me encontré con varios amigos, bebimos Spitfires y cantamos con Menashke Baharav la estúpida canción que era el gran éxito del momento, «En las llanuras del Néguev», él tocaba el acordeón y yo me emborraché. Era la primera vez que bebía brandy y no solo me lavaba con él, excepto aquella vez que estuve bajo las manos de hierro de Eskimo, el coronel en asuntos de golpes, y quiso atontarme metiéndome una botella de coñac en la boca. De pronto me levanté, canté una canción y, aunque la escayola me dolía, parece que por un instante fui feliz.

Es poco lo que recuerdo. Y tampoco es tan importante saber qué ocurrió realmente. Éramos un grupo de soldados perdidos que deambulaba por la ciudad, íbamos por las mañanas al café Nussbaum, en el viejo paseo marítimo, y escuchábamos una y otra vez la *Séptima* de Beethoven. Estábamos confusos. Soñábamos con ir a desecar el Amazonas en Brasil, pero no había ningún barco para llevarnos. Estaba con nosotros la prostituta más dulce del país, Buba. Buba era conocida por haber visto desde la verja del paseo marítimo a un hombre rubio tumbado desnudo de espaldas en la playa, haber ido a examinarlo, como lo haría un médico, y haber vuelto diciendo: «No es de aquí». Y cuando veía a un chico haciendo flexiones le gritaba: «Bwana, ¿dónde tienes a tu chica?».

Y pasó uno, pobrecillo, con relojes en las dos manos, dientes de oro y tabaco Players, gritando en yiddish, y uno se levantó y le llamó «jabón» y yo, que jamás había pegado a nadie salvo a un yugoslavo que se me abalanzó con un cuchillo en Qalunya, fui hacia ese que había llamado a aquel hombre jabón y le di una buena paliza. Él gritó: «¿Qué quieres? ¿Es que no ves que es un jabón?». Los golpes continuaron hasta que me sujetaron y me arrojaron agua encima.

Nos reíamos mucho y estábamos tristes y perdidos. La guerra continuaba en el Néguev. Subíamos desde el paseo marítimo hacia la calle Geulá, cerca de Allenby, y comíamos en un sitio yemení, y desde allí caminábamos despacio hacia Dizengoff y nos sentábamos en el café Pinatí, en la esquina con Frishman, y unas horas después íbamos al café Kassit a terminar la noche. Había con nosotros un hombre de grandes dimensiones, se llamaba Presser, hablaba con una especie de deje ronco, se reía de todo el mundo y se mostraba ante nosotros como todo un machote. A veces desaparecía y lo seguíamos y entonces veíamos cómo aquel tipo duro se detenía en la calle Frug debajo de un balcón y, con voz dulce, infantil, implorante, gritaba: «¡Tzipi! ¡Tzipi!», porque quería a una tal Tzipi de pelo rojo. Lo envidiábamos porque amaba a una mujer y porque al parecer ella también lo amaba. Ella se hacía la dura, como era habitual por aquel entonces, porque a una mujer había que conquistarla como a cualquier pueblo árabe, y lo cierto es se casaron más tarde. Vivieron juntos toda la vida. Él conducía un camión. Era un hombre muy educado y cantaba «Susana, Susana, Susana» con una voz casi lírica.

Yo quería una chica. Todas las que había conocido hasta entonces pensaban que se quedaban embarazadas con un beso. Después de haber matado, quería besar a una chica. Una noche estaba en el paseo marítimo y había una chica a mi lado. Desprendía un olor a detergente y una especie de tufillo dulzón. Nos giramos el uno hacia el otro y, de pronto, a la vez, como si estuviese planeado, nos besamos. Nos cogimos de la mano, subimos al hotel Excelsior, un pequeño hotel para soldados situado en la calle Hayarkón, y entramos en una habitación. Pedí que llevasen a la habitación una cuna. La escayola de mi pierna funcionó y llevaron una cuna que pusimos junto a la ventana que daba al mar. Se estaba bien allí. Ella me enseñó todo lo que yo no sabía. La amé profundamente. Ella apenas hablaba hebreo. Susurraba en polaco. Era bella y estaba triste. Pensó que yo era un oficial alemán, se echó al suelo gimiendo, me gritó en alemán, volvimos a estar juntos y así se pasó la noche. Al niño que nacería de aquel amor le pusimos nombre, pero no lo recuerdo. Y entonces amaneció. Quería saber su nombre y decirle el mío, pero tras una noche entera de amor eso resultaba difícil.

Salimos y nos dirigimos hacia la calle Ben Yehuda. Ya había autobuses y carros y algunos coches. En la esquina había un viejo quiosco y el vendedor, que me conocía, nos vendió un panecillo y nos sirvió café, bebimos y nos besamos y, sin pensar lo que estaba haciendo, seguí adelante hacia la casa de mis padres, que estaba en esa misma calle. Al rato me acordé y miré hacia atrás, me encontraba completamente confuso, ella estaba parada a lo lejos sorprendida y, de repente, parecía despreciarme u odiarme y yo no entendía por qué. Parecía enfadada. Yo me sentía tan bien que le sonreí con amor y continué andando, entonces comprendí que realmente no sabía quién era ni dónde podía encontrarla y volví sobre mis pasos. Había mucha gente que se dirigía a toda prisa al trabajo. Desapareció entre la multitud y yo intenté correr tras ella, pero, aunque la vi a lo lejos, la escayola me impidió alcanzarla. Se esfumó. Me pasé un mes deambulando por la ciudad en busca de mi amada y no la encontré. Ni siquiera hoy, sesenta y dos años después, sé quién era, cómo se llamaba, de dónde era, si procedía de un campo de concentración. La seguí amando hasta que el amor palideció. Me enamoraba cada día de una distinta, ninguna de ellas era aquella madre de mi posible hijo en la cuna frente al mar.

23

Por entonces me encontraba en un estado de consternación. Tenía un amigo a quien le habían rebanado el hombro. Cuando íbamos por la calle y veíamos a alguien, se detenía, se miraba su hombro inexistente y la gente le clavaba unos ojos atónitos, era alto y guapo, luego levantaba el brazo y, como no tenía hombro, lo lanzaba hacia atrás y todo el mundo chillaba, entonces me sonreía y seguíamos andando.

En el Nussbaum empezamos a hablar sobre trabajar en el mar. Yo quería volver a la guerra en el Néguev. Miri, que se encargaba del tema de los heridos del Palmaj, me dijo que no regresara porque no lo resistiría. Me propuso enrolarme en un barco y traer refugiados. Me puso en contacto con Zimmerman, de la compañía marítima Shoham, el responsable de los barcos por aquel entonces, que era de Kfar Tavor, el antiguo Meskha. Él me recomendó y me enrolé en el barco *Pan York*. En cada viaje traíamos a tres mil personas.

Cuando los vi por primera vez, trepando por las cuerdas para subir al barco, los odié. Escribí a Shlonsky un artículo titulado «Odio al pueblo judío». Después me enamoré de ellos. Comprendí que ellos eran los grandes héroes, no nosotros, comprendí que sobrevivir a lo que ellos habían sobrevivido era más necesario que algunos rifles y Stens. Hablé con ellos. Por entonces aún hablaban, pero todo eso ya es otra historia.

Estuve en Marsella y en Nápoles, aquella fue mi mayor experiencia después de la guerra y merece mucho más que un capítulo de este libro. Después trabajé en el servicio de recaudación del impuesto de lujo. Intenté cortejar a chicas y ellas huían de mí porque no paraba de hablar de la muerte. Estudié en Jerusalén. Por fin tuve una amada, a quien amé profundamente, pero también maté ese amor, y pasaron los años.

Tras diez años en Nueva York, regresé a Israel o emigré a Israel, depende de quién lo diga, y me dirigí a Jerusalén. Subí al desván del monasterio Talita Kumi, donde Jesús le dijo a la niña que se levantara y se levantó. Una vez viví en ese desván, en el campanario, y en la puerta aún seguía la inscripción descolorida, YORAM NO ESTÁ, SE HA IDO A PARÍS.

Miré hacia abajo y, al otro lado de la tapia de piedra, vi pasar al comandante que había huido en Nabi Samwil. Recuerdo que cerca de él iba una chica chupando un helado y me estremecí. Quería que alguien dijera algo sobre ese comandante y saber cómo era que de repente comían helados en Jerusalén. Todos estuvimos en los combates. Luchamos, amamos, perdonamos, nos sacrificamos para que el otro viviera pero, hoy, los combatientes normales y corrientes no son el Palmaj.

El Palmaj es una casa. De hecho, son dos y costaron

millones. La Casa del Palmaj y la Casa Legado de Rabin, un legado que nadie puede explicar en qué consiste, donde hoy en día todo es un gran *a posteriori*. Aquellos que fueron comandantes o estuvieron cerca de la comandancia y conocieron a los grandes, y viceversa, se ayudaron mutuamente y crearon un Palmaj virtual, una *Hasamba** de mayores. El hermoso poema de Guri, «Poema de la camaradería», habla de ellos. Realmente les unía la camaradería. La camaradería de lo que hice por mí y por los compañeros después de la guerra. Entonces había miles de kilómetros para transferir. Ciudades. Pueblos. Tierras. Y aquellos que estaban cerca del plato recibieron o compraron por unas monedas las propiedades abandonadas, uno un terreno y otro dos, y supieron aconsejar a sus camaradas y darles información que los ayudase en sus negocios, y crearon una camaradería de aliados que se sentaban frente a una chimenea eléctrica sobre alfombras caras y cantaban canciones del Palmaj, mientras fuera los esperaban los Mercedes. Y todos nosotros, todos los pequeños, la mayoría de los combatientes normales y corrientes que seguimos vivos e hicimos el trabajo, nos quedamos fuera de juego.

Los dos mil judíos que fueron nadando hacia Palestina en barcos desvencijados aún antes de la segunda oleada migratoria, casi todos barcos del Beitar,** fue-

---

* Nombre de una serie de 44 novelas infantiles escritas por Yigal Mossinson y publicadas desde 1949, protagonizadas por una sociedad secreta de niños, llamada Hasamba, que lucha contra el mal.

** Movimiento juvenil sionista de la organización revisionista fundada por Jabotinsky.

ron olvidados. Nadie los cuenta como héroes de la guerra de la Independencia. Un marinero alemán de un submarino que vio el *Mafkura*, un pequeño barco, cuando empezaba a hundirse por un impacto, dijo: «Los judíos van nadando hacia Palestina». Ellos no son el Palmaj, la Haganá ni el Etzel, no son nada. Como los combatientes anónimos que apenas recibieron seis libras después de la guerra.

Hay libros exquisitos. Películas exquisitas. Artículos eruditos sobre batallas en las que participé y no reconozco lo que se dice en ellos. Enmascaran el pasado a fin de que sea eso lo que se recuerde. Los combatientes, que ya no son el Palmaj, que quedaron con vida, aún intentan curar sus heridas, escapar de las pesadillas que quedaron con ellos después de la guerra. Solo unos pocos han hecho algo que alguien conoce o se han hecho un nombre. Nosotros somos una gota de agua en el mar de recuerdos de los héroes del Palmaj. Aquellos grandes combatientes se hicieron conductores, marineros, trabajadores de las minas del desierto de Néguev y de los puertos. Su recuerdo se ha borrado y los recuerdos han sido lo único que les ha quedado.

Yo no conocí el Palmaj en su época dorada, a comienzos de los años cuarenta, cuando sus miembros trabajaban en los kibutz, robaban en los gallineros, cantaban canciones alrededor de las hogueras y orinaban juntos para apagar el fuego. El Palmaj que yo conocí durante la guerra ya no era unas fuerzas de choque. Era unos batallones de combatientes. No era agradable. Era un instrumento genial y feroz, astuto, valiente y airado, que salió, sin saberlo, a fundar un Estado para el pueblo de Israel.

Como siempre en las guerras, normalmente casi nadie sabe quiénes fueron los combatientes que lucharon de verdad. Todos éramos camaradas, pero camarada significaba hermano de armas, no precisamente amigo. Estábamos muy cerca los unos de los otros y ya nadie sabe quiénes éramos. Nadie ha oído hablar de Fish. De Menahem. De Hanoch, de Rafi. De Tibi. De Arieh. De Amnón. De Kushi. De Yashka el Partisano. Éramos unos pobres soldados y eso seguimos siendo.

En el verano de 1955, regresé de América de visita. Viajé, me encontré con algunos amigos. En Bab el-Wad, en la caseta de la primera bomba de agua, estaba escrito con grandes letras BARUCH JAMILI. Me gustó que alguien a quien nadie conocía, que había luchado en la guerra, supiera ya entonces lo que se ocultaría después, con la generación del Palmaj, en recuerdo de la comandancia no luchadora, y que por eso escribiera su nombre con grandes letras frente a los que llegaban a Jerusalén. Hace unos años borraron su nombre. No sé quién lo borró, pero para mí fue como si hubieran borrado el Muro de las Lamentaciones y hubieran hecho con él lo que están haciendo ahora con el desierto: una pared de hoteles de lujo para ricos. Había que sacar su nombre a la luz. No tengo ni idea de quién era, pero estuvo con nosotros allí en aquellos días.

Y una tarde, en un pequeño bar situado junto a la plaza Malkei Israel, me encontré con alguien que recordaba de la brigada Harel. Era varios años mayor que yo, un hombre duro, recuerdo que era un excelente combatiente, y comenzamos a beber juntos. Tomamos whisky, y empezamos a sacar a flote viejos recuerdos. Por aquella época yo no quería recordar. Cuanto más lograba olvidar, mejor me sentía. Aquel hombre aún vivía allí, en las montañas de Jerusalén. Dijo que nunca había regresado de allí. Dijo que la guerra, a diferencia de lo que muchos creían, no había terminado. Muchos, quizá la gran mayoría, regresaron a casa después de la guerra, la colgaron del perchero y siguieron adelante. Solo muchos años después, gran parte de ellos regresaría a aquellos días y ya no dejaría de hablar de ellos.

El hombre dijo que las guerras de Independencia duran muchos años. Que incluso en ese momento, en 1955, seguíamos luchando por la fundación del Estado. Los Estados no pueden levantarse en un año. La guerra que empezó en 1920 en Jerusalén aún continúa y continuará durante muchos años. Continuará al menos durante cien años. Hay acuerdos de seguridad y treguas, pero aún no hay paz, ni Estado, ni futuro, ni tranquilidad. No hay «Y el país quedó tranquilo cuarenta años».* Cuarenta años es un preludio.

Entonces yo creía que la guerra había terminado. Creía que finalmente los árabes habían firmado la paz con nosotros y nosotros con ellos, y que viviríamos en nuestro Estado junto a un Estado jordano o el que fuera muchos años. Pero él estaba enfadado. Afirmó que yo vivía en las nubes. Dijo que en la Biblia la palabra *begidá*, «traición», proviene de *beged*, «ropa», y que en el Talmud la palabra *meilá*, «perfidia», proviene de *meil*, «abrigo», así que todo es lo mismo. Pensé en que el místico medieval *Meister* Eckhart dijo que el ojo con el que yo veo a Dios es el mismo ojo con el que Dios me ve a mí.

---

* Jueces 5, 31.

Muchos años después, de hecho hace relativamente poco, siendo ya anciano y después de una grave enfermedad, me pidieron que hablase a unos jóvenes estudiantes sobre la guerra. Eran jóvenes y guapos, y me escucharon en relativo silencio, parecían tímidos, y llevaban pulseras, pendientes y tatuajes, y hablé y, antes de irme de allí, me detuve en la entrada del colegio y les dije para mis adentros, con tristeza, ¡en tu sangre vive!

Epílogo

Un hombre con voz ronca, como la de la mayoría de los viejos y antiguos del país, llamó por teléfono, habló de un libro sobre la guerra que yo había escrito y dijo: hay un hombre, Ezequiel, que dice que ustedes lucharon juntos, vive solo, aislado, y le gustaría que fuese a verlo, yo lo llevaré. ¿Cuándo? El viernes a las nueve de la mañana. Yo no quería ir. Hacía mucho calor. El ordenador se estropeó, el teléfono no funcionaba, intenté localizar al hombre que vendría a recogerme, no lo logré y amaneció, hacía un calor asfixiante, pero él llamó y dijo que ya estaba esperándome junto a mi casa.

Le dije que no me encontraba con fuerzas. No sabía cómo salir de aquel atolladero, pero el viejo dijo en un tono tajante: ¡usted viene! Lo dijo educadamente y salí de casa, no me quedó más remedio, estaba junto a un coche y vi su cabello blanco, no era tan mayor como yo, pero tampoco era joven, hablaba bien, estaba esculpido por la historia que había vivido, y nos pusimos en marcha. El camino no fue nada del otro mundo hasta que llegamos al cruce de Najshón. Allí me acordé de una mujer de grandes pechos que era vendedora en un quiosco donde todos los que iban a Jerusalén por la carretera vieja se detenían a contemplar aquel prodigio y a comprar café y sándwiches, y entonces comenzaba el desierto domesticado de la región de Lakish en la estación más seca del año, y giramos hacia una carretera destrozada y de allí a un camino, pasamos los tres o cuatro pueblos con nombres bíblicos y las vías del tren que un día antes había embestido a un coche que se dirigía al kibutz Gat, desde allí bajamos, giramos y pasamos por un pueblo o dos con nombres extraños y llegamos hasta el final de un camino de tierra rodeados de verdes campos de algodón y olivares, no había nadie, no había ni un alma, se veía un vacío, una especie de vacío que rugía con el potente sol, casi a cuarenta grados, y nosotros íbamos por un camino que hacía saltar el coche y al final nos encontramos en medio de ninguna parte con una caseta de cemento, al lado había un enorme tanque de gasóleo y un pastor alemán ladrando.

Salimos del coche, hay una mesa bajo un árbol frondoso, de inmensa copa, unas plantaciones más allá se oye un rumor, tal vez del riego, hay sillas alrededor de la mesa, llegan unos ocho hombres, la mayoría de unos setenta años, y nos sentamos todos, nos miramos unos a otros, sonreímos, desde el cielo seguro que parecemos un grupo de conspiradores, tal vez fundando de nuevo el Palmaj, algo secreto resuena allí, todos hemos venido a un pequeño templo. Así es.

Esos amables hombres sacan higos recién arrancados, ciruelas, humus, ensaladas, botellas de arak, de zumo y de agua y el tal Ezequiel sale de la caseta. Está algo encorvado, le faltan más dientes de los que tiene, sonríe a sus amigos y a mí. Parece un héroe antiguo en ruinas.

Lleva una visera gris y se sienta frente a mí en la cabecera de la mesa sonriendo, todos nos miran a uno y a otro alternativamente, como un toro que ha encontrado a su dueño, y yo soy Tauro, mayo de 1930, el más bonito de todos los mayos que creó nunca la madre tierra, como escribió Alterman, quién si no, y nos reímos un poco. Hay una especie de idolatría anhelada en el aire, esperamos el fuego, algo.

Ya sé que Ezequiel lleva aislado sesenta y dos años. Desde la guerra de la Independencia. Años en que sus amigos no supieron dónde estaba. Trabajó en los caminos, construyó vallas de carretera, trabajó repartiendo algo por la ciudad, tiene una hermana en Tel Aviv, estuvo casado un año, tiene una hija, su mujer se hizo ultraortodoxa, rompió el contacto y, tras dieciocho años, oyó que su hija se casaba en Jerusalén, se subió a un autobús, se dirigió a Jerusalén, fue a Meah Shearim, irrumpió en la boda en la zona reservada a las mujeres, chillaron, no prestó atención, cogió a su hija, a quien llevaba años sin ver, la besó y se escapó de allí.

Ezequiel se quedó en la batalla de El Qastel, desde aquella batalla ese hombre fuerte y triste vive retirado y solo los amigos que lo descubrieron y lo ayudaron a levantar esa miserable caseta en medio de ninguna parte, en el culo del mundo, cerca de donde una vez luchamos en el 48, van a verlo, los viernes por la mañana, a veces no van todos, pero alguno siempre va, lo cuidan, lo quieren, él los mira como si mirase dentro de ellos, porque ellos son portadores de su secreto, él no conoce su secreto, su secreto lo conocen todos menos él, pero sus amigos no comprenden el secreto porque es un momento, una hora, tal vez un día de un tiempo en el que ellos no estuvieron, pero yo sí que estuve, igual que está aquí el amor hacia ese hombre que aún vive en los días en que yo tenía diecisiete años.

Me senté frente a él y regresé a mis diecisiete años. Me senté frente a mí mismo hace sesenta y dos años. No un recuerdo, sino una mirada en el espejo. Él se entera de lo que pasa en el mundo por la radio o por esos hombres, pero vive en abril de 1948 y hoy tiene ochenta y cuatro años. Casi siempre vive en aquel momento, en aquel día en El Qastel, tal vez en dos días, es una especie de niño anciano con sonrisa de ángel tullido, lo que Emerson llamó «un dios en ruinas», y está anclado donde nosotros no estuvimos nunca, aunque yo sí que estuviera porque, cuando yo estuve allí, vi el día siguiente, vi cómo el momento pasa, vi el casi que he estado buscando toda mi vida, ese instante antes de estornudar, cuando el rostro se enrojece y el cuerpo se contrae y sale un fuerte estornudo semejante a un orgasmo de dios, como una especie de alivio, una especie de casi como todos los grandes momentos de la vida que están en el umbral y, por fin, tras todos estos años, veo el casi absoluto. Ezequiel es el casi absoluto. Es el segundo antes del estornudo y el segundo antes del vaciamiento. Él se ha quedado en el medio, en el lugar que alguien normal no puede tocar, porque desde aquel día no vive, tan solo existe, su cuerpo ha continuado adelante, pero él se ha quedado en un instante terrible, en una batalla de terror, de matanza y de sangre; fue herido y sobrevivió y se arrastró.

El aún se arrastra por allí, por las laderas de El Qastel que desde hace tiempo no existe, que desde hace tiempo se ha convertido en un lugar de excursiones conmemorativas de jóvenes reclutados para guerras que él no conoce; él conoció solo una guerra, solo un horror en el que quedó atrapado, por el que fue absorbido, que le transformó para siempre en una cáscara de huevo de papel celofán sobre la que grabó su eternidad como una cáscara rota de hombre que no llega a romperse del todo. Ezequiel es la ruptura. Él es el pasado sin futuro. Sin el pasado que se convertirá en futuro. Él puede tocar lo que nosotros no podemos, el momento mismo del horror, el momento de la muerte multitudinaria que hubo allí, el momento del casi. Ahora es un día caluroso de verano. Aún es el Eretz Israel en el momento anterior al estallido, en la centésima de segundo antes del placer o del dolor, igual que Ezequiel, el casi es la belleza de vivir y tal vez también el momento del fin, el momento en el que mueres y no puedes recordarlo. Ezequiel parece un anciano y un niño. Nacerá mañana y morirá ayer. Tiene lo que ninguno de nosotros tenemos, tiene la terrible inocencia de la eternidad y tiene su indescifrable profundidad.

Me senté a la sombra del frondoso árbol, soplaba un viento cálido, no demasiado caliente, el perro ladró a alguien que llegó tarde y pensé en *El 3 de mayo de 1808*, el cuadro de Goya. En él se ve a un hombre de tez morena levantando los brazos junto a varios cadáveres, detrás se ven casas arrasadas, todo es gris y los soldados están en posición de disparo apuntando con los rifles directamente al corazón del hombre mientras las balas que le disparan ya se ven sobre su cuerpo. Aún no le han fusilado realmente. Él está de pie durante el fusilamiento. En el casi del fusilamiento. Las balas salen de los cañones, están muy cerca del hombre, él parece gritar o clamar algo, el ambiente es tenso, el casi del fusilamiento que en una fracción de segundo lo matará está entre el hombre y las balas. Y el cuadro permanece. Los hombres ya no están desde hace tiempo. Goya está muerto. El hombre está muerto. El fusilamiento permanece. Del mismo modo que Ezequiel es el único hombre que permanece en El Qastel porque El Qastel no existe desde hace tiempo. El Qastel fue el momento decisivo de la guerra de la Independencia. La primera vez que permanecimos en un pueblo conquistado. La única vez que permanecimos por encima de la carretera. El camino de Jerusalén quedó más abierto. Motza, que soportó tantas guerras, se salvó. Después de El Qastel tomamos Tiberíades y Safed, y después de El Qastel también estuvo Dir Yassin. Los árabes pudieron tomar El Qastel. Nosotros nos retiramos. Ellos se fueron precipitadamente al funeral de su dirigente y desperdiciaron una victoria que les hubiese podido allanar el camino para derrotarnos en aquella maldita guerra. Vi con mis propios ojos a Abdel Kader gritando *Hello boys*; yo fallé, otro le mató. Ezequiel aún sigue tomando El Qastel.

Ningún muerto está casi muerto. Él nacerá dentro de un segundo, morirá dentro de una fracción de segundo, los árboles no tienen «casi». A un árbol le lleva cientos de años crecer un poco más de lo que creció antes. El árbol es eterno. Una casa puede ser eterna. Ningún hombre es capaz de calcular la medida de la eternidad, pero en la pequeña eternidad de cada existencia está la grandeza absoluta y Ezequiel la tiene sujeta. El «casi» no tiene absoluto. La perpetuidad del casi es el nacimiento de la especie, de la eternidad, de la vida y de la muerte. Pero el casi no es sempiterno, a menos que sea casi. Hablamos allí. Nos reímos. Tocamos un poco el presente, pero se nos escapó, no existía realmente y no pudimos hablar de Bibi o de Barak, no tocamos la vida, tocamos solo el pasado, que estaba muerto.

Danny Rubinstein, el gran experto que ha escrito tanto sobre los territorios ocupados, que habla árabe y es inteligente en sus razonamientos, con el que una vez caminé por Hebrón, y comprobé que todos lo saludaban, y con el que vi el horror, contó lo que es El Qastel de Ezequiel a ojos de los historiadores árabes. Ellos no pueden aceptar esa historia porque duele y escuece, y con razón. En los Salmos se dice «Leviatán, a quien creaste». El Qastel es un Leviatán oscuro en la metodología de la investigación palestina, les resulta duro, podrían habernos aplastado hasta el total sometimiento, no aparta la mirada de Ezequiel, pues lo que queda de El Qastel no son mis historias o las de los historiadores que profetizan hacia atrás porque, a diferencia de mí, ellos no tienen otra verdad que la que suponen e inventan, cada uno a su modo, y al final ellos saben lo que nosotros, los que olvidamos e inventamos el pasado desde nuestro interior, sabemos.

Y los amigos se han hecho también amigos entre ellos. Se conocen de ninguna parte. Han hecho mucho en la vida y quieren tocar al único hombre que permanece en El Qastel. Tal vez haya más. Ciertamente, todos nosotros, los que luchamos allí, seguimos teniendo un trauma de guerra. Yo tenía diecisiete años y once meses en la batalla de Ezequiel, pero creo que Ezequiel expresa también algo que nosotros no mencionamos. No hace mucho, alguien me dijo: podrías haber desaparecido, por qué seguiste al saber que no tenías muchas posibilidades de salvación, y frente a Ezequiel, no entiendo por qué precisamente allí, frente a su rostro surcado de arrugas, ante la tranquilidad de la tristeza y el pobre esplendor de un anciano soldado, pensé que hay algo en los soldados, en todas las guerras, que la gente que no ha luchado no podrá conocer nunca: la terrible dependencia de la matanza. Hay un instinto ancestral en el hombre, hemos nacido para matar con el fin de vivir, de cazar, de proteger a nuestra familia, recuerdo que, entre tanto, entre el dolor y la inexistencia, amé los momentos de la batalla. Todos los amamos. Todo soldado que lucha ama disparar y matar. Tiene un enemigo. El enemigo no permite pensar en la moral o cosas por estilo, en la batalla somos bestias, sedientas de sangre, eso no nos ayudaría. Cuando regresé de la guerra, un amigo mío hizo una fiesta en el jardín de la casa de sus padres. Fui. Estaban allí todos los amigos de antes de la guerra. Bebimos un poco. No éramos unos grandes bebedores y, tras dos o tres horas de exaltación de la amistad, cuando hubiésemos tenido que sentarnos «junto al fuego y recordar nuestros días en el Palmaj», me subí a una mesa, a pesar de tener aún la pierna escayolada, o quizá ya solo la llevase vendada, Ezequiel recordaba cada piedra de El Qastel pero él estaba allí y yo ya estaba a continuación, en casa de mi amigo, y pronuncié un discurso. No recuerdo exactamente lo que dije. Oí gritos. Me increparon. Poco a poco, todos fueron desapareciendo. Incluido el anfitrión. Me quedé sobre la hierba verde frente a una pequeña casa donde hoy han construido una casa de cuatro plantas y hablé sobre la muerte. Sobre la riqueza de la muerte. Sobre la belleza de la muerte. Sobre mi participación en la matanza y sobre como no me arrepentía. Después me arrepentí. Después hice autocrítica, pero entonces no. Tampoco ahora que he envejecido.

He escrito que maté a un niño. Pero todo el que estuvo en aquella batalla sobre la que he escrito sabe que no maté al niño. Mi amigo, casi como un hermano para mí, lo mató. Yo apunté para matar a mi compañero, pero no le di. La culpabilidad me dejó una profunda herida. Solo ahora comprendo el castigo que me impuse cuando escribí que había disparado al niño. No le di a mi compañero. Ahora ya son las doce de la mañana del viernes 6 de agosto, el día más caluroso hasta el sábado, y Ezequiel permanece allí para escapar de lo que yo llevo soportando toda la vida: él permanece allí y no hay en él culpa ni examen ni arrepentimiento. En el «casi», él espera la bala que lo mate. Ezequiel dijo que cargó con un herido. El comandante le mandó coger al herido y él no quiso cargar con él, pero el comandante lo ordenó y él cargó con él, no recuerda quién le disparó, dieron al herido, el herido murió y él, Ezequiel, se salvó.

Así fue.

«La paz no es la ausencia de guerra. Es una virtud, un estado mental, una disposición a favor de la benevolencia, la confianza y la justicia.»
BARUCH SPINOZA

Desde LIBROS DEL ASTEROIDE queremos agradecerle
el tiempo que ha dedicado a la lectura de *1948*.
Esperamos que el libro le haya gustado y le animamos
a que, si así ha sido, lo recomiende a otro lector.

Al final de este volumen nos permitimos proponerle
otros títulos de nuestra colección.

Queremos animarle también a que nos visite
en www.librosdelasteroide.com y en www.facebook.com/librosdelasteroide,
donde encontrará información completa y detallada sobre todas nuestras
publicaciones y podrá ponerse en contacto con nosotros
para hacernos llegar sus opiniones y sugerencias.
Le esperamos.

«De los novelistas que he descubierto a través de traducciones... los tres por los que tengo mayor admiración son Gabriel García Márquez, Peter Handke y Yoram Kaniuk.»
Susan Sontag

OTROS TÍTULOS PUBLICADOS POR
LIBROS DEL ASTEROIDE:

1. En busca del barón Corvo, **A.J.A. Symons**
2. A la caza del amor, **Nancy Mitford**
3. Dos inglesas y el amor, **Henri Pierre Roché**
4. Los inquilinos de Moonbloom, **Edward L. Wallant**
5. Suaves caen las palabras, **Lalla Romano**
6. Historias de Pekín, **David Kidd**
7. El quinto en discordia, **Robertson Davies**
8. Memoria del miedo, **Andrew Graham-Yooll**
9. Vida e insólitas aventuras del soldado Iván Chonkin, **Vladímir Voinóvich**
10. Las diez mil cosas, **Maria Dermoût**
11. Amor en clima frío, **Nancy Mitford**
12. Vinieron como golondrinas, **William Maxwell**
13. De Profundis, **José Cardoso Pires**
14. Hogueras en la llanura, **Shohei Ooka**
15. Mantícora, **Robertson Davies**
16. El mercader de alfombras, **Phillip Lopate**
17. El maestro Juan Martínez que estaba allí, **Manuel Chaves Nogales**
18. La mesilla de noche, **Edgar Telles Ribeiro**
19. El mundo de los prodigios, **Robertson Davies**
20. Los vagabundos de la cosecha, **John Steinbeck**
21. Una educación incompleta, **Evelyn Waugh**
22. La hierba amarga, **Marga Minco**
23. La hoja plegada, **William Maxwell**
24. El hombre perro, **Yoram Kaniuk**
25. Lluvia negra, **Masuji Ibuse**
26. El delator, **Liam O'Flaherty**
27. La educación de Oscar Fairfax, **Louis Auchincloss**
28. Personajes secundarios, **Joyce Johnson**
29. El vaso de plata, **Antoni Marí**
30. Ángeles rebeldes, **Robertson Davies**
31. La bendición, **Nancy Mitford**
32. Vientos amargos, **Harry Wu**
33. Río Fugitivo, **Edmundo Paz Soldán**
34. El Pentateuco de Isaac, **Angel Wagenstein**
35. Postales de invierno, **Ann Beattie**
36. El tiempo de las cabras, **Luan Starova**
37. Adiós, hasta mañana, **William Maxwell**
38. Vida de Manolo, **Josep Pla**
39. En lugar seguro, **Wallace Stegner**
40. Me voy con vosotros para siempre, **Fred Chappell**
41. Niebla en el puente de Tolbiac, **Léo Malet**
42. Lo que arraiga en el hueso, **Robertson Davies**
43. Chico de barrio, **Ermanno Olmi**
44. Juan Belmonte, matador de toros, **Manuel Chaves Nogales**
45. Adiós, Shanghai, **Angel Wagenstein**
46. Segundo matrimonio, **Phillip Lopate**
47. El hombre del traje gris, **Sloan Wilson**
48. Los días contados, **Miklós Bánffy**

49 No se lo digas a Alfred, **Nancy Mitford**
50 Las grandes familias, **Maurice Druon**
51 Todos los colores del sol y de la noche, **Lenka Reinerová**
52 La lira de Orfeo, **Robertson Davies**
53 Cuatro hermanas, **Jetta Carleton**
54 Retratos de Will, **Ann Beattie**
55 Ángulo de reposo, **Wallace Stegner**
56 El hombre, un lobo para el hombre, **Janusz Bardach**
57 Trilogía de Deptford, **Robertson Davies**
58 Calle de la Estación, 120, **Léo Malet**
59 Las almas juzgadas, **Miklós Bánffy**
60 El gran mundo, **David Malouf**
61 Lejos de Toledo, **Angel Wagenstein**
62 Jernigan, **David Gates**
63 La agonía de Francia, **Manuel Chaves Nogales**
64 Diario de un ama de casa desquiciada, **Sue Kaufman**
65 Un año en el altiplano, **Emilio Lussu**
66 La caída de los cuerpos, **Maurice Druon**
67 El río de la vida, **Norman Maclean**
68 El reino dividido, **Miklós Bánffy**
69 El rector de Justin, **Louis Auchincloss**
70 El infierno de los jemeres rojos, **Denise Affonço**
71 Roscoe, negocios de amor y guerra, **William Kennedy**
72 El pájaro espectador, **Wallace Stegner**
73 La bandera invisible, **Peter Bamm**
74 Cita en los infiernos, **Maurice Druon**
75 Tren a Pakistán, **Khushwant Singh**
76 A merced de la tempestad, **Robertson Davies**
77 Ratas de Montsouris, **Léo Malet**
78 Un matrimonio feliz, **Rafael Yglesias**
79 El frente ruso, **Jean-Claude Lalumière**
80 Télex desde Cuba, **Rachel Kushner**
81 A sangre y fuego, **Manuel Chaves Nogales**
82 Una temporada para silbar, **Ivan Doig**
83 Mi abuelo llegó esquiando, **Daniel Katz**
84 Mi planta de naranja lima, **José Mauro de Vasconcelos**
85 Los amigos de Eddie Coyle, **George V. Higgins**
86 Martin Dressler. Historia de un soñador americano, **Steven Milhauser**
87 Cristianos, **Jean Rolin**
88 Las crónicas de la señorita Hempel, **Sarah Shun-lien Bynum**
89 Canción de Rachel, **Miguel Barnet**
90 Levadura de malícia, **Robertson Davies**
91 Tallo de hierro, **William Kennedy**
92 Trifulca a la vista, **Nancy Mitford**
93 Rescate, **David Malouf**
94 Alí y Nino, **Kurban Said**
95 Todo, **Kevin Canty**
96 Un mundo aparte, **Gustaw Herling-Grudziński**
97 Al oeste con la noche, **Beryl Markham**
98 Algún día este dolor te será útil, **Peter Cameron**
99 La vuelta a Europa en avión. Un pequeño burgués en la Rusia roja, **Manuel Chaves Nogales**
100 Una mezcla de flaquezas, **Robertson Davies**
101 Ratas en el jardín, **Valentí Puig**
102 Mátalos suavemente, **George V. Higgins**
103 Pasando el rato en un país cálido, **Jose Dalisay**